姜昆 著

为曲艺大家站台

姜昆序跋集

天津出版传媒集团

百花文艺出版社

图书在版编目（ＣＩＰ）数据

为曲艺大家站台：姜昆序跋集 / 姜昆著. —— 天津：百花文艺出版社, 2022.9
ISBN 978-7-5306-8319-4

Ⅰ．①为… Ⅱ．①姜… Ⅲ．①序跋–作品集–中国–当代 Ⅳ．①I267

中国版本图书馆 CIP 数据核字(2022)第 122434 号

为曲艺大家站台:姜昆序跋集
WEI QUYI DAJIA ZHANTAI:JIANGKUN XUBA JI
姜昆　著

出 版 人 : 薛印胜
责任编辑 : 赵世鑫　　版式设计 : 郭亚红
出版发行 : 百花文艺出版社
地址 : 天津市和平区西康路 35 号　邮编 : 300051
电话传真 : +86-22-23332651（发行部）
　　　　　+86-22-23332656（总编室）
　　　　　+86-22-23332478（邮购部）
网址 : http://www.baihuawenyi.com
印刷 : 天津新华印务有限公司
开本 : 710 毫米×1000 毫米　　1/16
字数 : 149 千字
印张 : 14.25
版次 : 2022 年 9 月第 1 版
印次 : 2022 年 9 月第 1 次印刷
定价 : 68.00 元

如有印装质量问题,请与天津新华印务有限公司联系调换
地址 : 天津东丽开发区五经路 23 号
电话 : (022)58160306
邮编 : 300300

相声名家张寿臣（卢昌五 供图）

与老曲艺家合影，前排左起：李文华、张振圻、马三立、王凤山，
后排左起：唐杰忠、郝爱民、姜昆

常氏相声家族，一群"蘑菇"

常贵田（左）与常宝华（右）演出剧照

表演中的土登（中）

1997年，与吴兆南（右）表演京剧《打面缸》剧照

侯耀文（左）与石富宽（右）在基层演出

与全维润在西藏

与姚星光(左)、叶怡均(中)合影

蒋慧明(中)在硕士毕业典礼上与两位导师合影

1986年，与唐杰忠在北京大学为师生讲相声艺术的语言特点

共同创作网络相声

1960 年，李润杰表演快板书《金门宴》剧照

1964 年，高凤山（右）、王学义（左）合演快板书《一拉就两瓣》剧照

1978年，出席第五届全国政协第一次会议的天津老艺人骆玉笙（原艺名小彩舞）在小组会上即席表演京韵大鼓

1982年，高元钧表演山东快书《一车高粱米》剧照

张志宽表演快板小段

赵玉明（右）、种玉杰（左）表演京韵大鼓《闹江州》剧照

2006 年,到郑州看望赵铮,并对她获得"中国曲艺牡丹奖终身成就奖"表示祝贺

二人转表演艺术家马力(左)

序

○ 孙福海

　　我看书的习惯是先看书的序,因为序是书的导读和钥匙。从序中可以了解书的精彩在何处。序告诉我,哪些是耸入云端的高峰和泽被八荒的巨川,哪些是精华,哪些是学术上的新观点、新突破。当然,我更钦佩那些学识渊博、胸藏万壑、能为名人名著写序的睿智之士。由于职业使然,我对曲艺类书籍情有独钟,而在近年曲艺类的诸多专著中,我发现姜昆所写的序,令人深思、顿悟。于是致电姜兄建议辑集成书,没想到,他在采纳我意见的同时,给我出了一个难题:"好!这本书就由你作序。""啊?!"众所周知,作序者大都是影响和学识比著书人更高,才能"指指点点"品头论足,我一退休老叟,怎能担当此任?可坚辞未果,只得俯允。

　　我以为姜昆的序具有如下特点。

　　首先,彰显了近二十年曲艺发展的辉煌,具有里程碑意义。

　　此书收录了二十多年来,姜昆为《相声名家张寿臣传》和《董湘昆京东大鼓文集》所作的序,以及为郭启儒、单田芳、王毓宝、陈涌泉、李伯祥、魏文亮、梁左、常宝丰、常贵田、孙晨、叶怡君等二十几位曲坛名家个人专著作的序。此外,他还为理论专著《中国传统相声大全》《中国曲艺通史》《中国曲艺概论》《相声大词典》《中国传统二人传大全》和教材类的《青少年曲艺学习指南——快板基础教程》《梅花大鼓专业教材》等影响颇深的名人名著作序。

写序不同于写一篇文章，因为作序者要通读全书，提纲挈领，抓住书的灵魂；同时还要提炼出作者没有总结的艺术高度、理论观点、发展方向等，煞费心血。为什么姜昆在繁忙的工作之余能够付出如此心血？我以为，全来自他的一个概念，就是 2004 年他担任中国曲艺家协会分党组书记所提出的"大曲艺"概念。何为大曲艺？姜昆提出"要全方位地对传统的曲艺艺术进行创新、改革，提高曲艺的品位，使之更加符合时代发展的需要"。"大曲艺"首先要有理论上的建树，于是姜昆为曲艺史的拓荒者——倪锺之主笔的《中国曲艺通史》、曲艺理论大家主笔的《中国曲艺概论》作序并呐喊："要有我们自己的史，要有我们自己的理论。"曲艺界许多老艺术家能耐大，贡献卓著，但受文化水平所限，缺乏对自己艺术的理论概括和升华，如何总结这些前辈的表演经验、处理他们的遗产留存、评价他们的地位，并形成艺术理论，是"大曲艺"的重要部分。毋庸讳言，当前我们对曲艺家的作品研究及相关的史、志等的提升还跟不上历史的需求，这与艺术家的贡献、地位极不相称。虽然也有专家对某些艺术家的作品进行了研究，但除了散见于报刊上的评论文章，缺乏系统和深层次的开掘。怎样才能为历史、为当代、为后人，树起曲艺发展进程中的一座座的丰碑？姜昆的一篇篇序言就是对一座座丰碑的托举。这一座座丰碑就是近二十年来曲艺发展的辉煌缩影，是"大曲艺"概念下的成果，是托碑人的心血和汗水，是载入史册的见证。所以我认为这本书，是曲艺发展进程中记载艺术瑰宝的里程碑。

其次，彰显了姜昆对事业的痴，对曲艺人的情。

看到他为《全国（天津）相声新作品大赛入围作品集》所写的序，我想起"全国(天津)相声新作品大赛"的立项过程。姜昆上任后,首先立项了"中国曲艺节",同时提出实现曲艺的繁荣,支持各地举办不同类型的活动和有特色的会演。当时主持天津文联工作的我,向他汇报拟在2009年立项"全国(天津)相声新作品大赛"。他非常高兴,并决定活动由中国曲协和天津市文联共同举办。大赛需要启动资金,当时我一筹莫展,他说:"别急,市委书记对文化极其重视,我来请示汇报。"时任天津市委书记张高丽高度重视地方的民族文化保护和发展,立即指示财政,拨付100万元,并将此项活动列为天津市委2009年工作要点。评选作品时,姜昆不顾白天的劳累,晚上又为支持大赛的有关工作和评委们挥毫书写了几十幅书法作品,几乎是通宵未眠。业内都说他是一个精力超群的人,而我以为,这种用之不竭的精力,是以他对曲艺的"痴"为动力的。

第二届"全国(天津)相声新作品大赛"中,立项了"全国小剧场相声会演"。这次活动助推了全国小剧场相声的发展。同时,我们也没忘记,当初全国小剧场相声的兴起,他也功不可没。当年,在天津相声老艺人于宝林成立茶馆相声队之际,他便敏感地意识到,这是一个占领阵地、培养人才、繁荣相声的重要举措。他在做好大量调研和案头工作的情况下,于2006年5月,邀请了十几家媒体单位的记者,亲自带队,到天津考察相声小剧场的状况、经验和演出市场。除了召开"天津曲艺演出现状暨市场走向"座谈会,他还先后考察了五个茶馆演出场所,观看了六个演出团队的表演。十几家媒体的宣传报道,不仅对天津"茶馆相声"的发展带来了不可估量的影响和促进,也推动"小剧场相声"在全国的兴起和建立。他在津期间拒绝宴请,只吃盒饭,中午也不休息,下午或去剧场或开座谈会。这种"痴",激励和鼓舞了许多业内同人。

姜昆对待艺术家的情,在其序中多有体现。如他在《相声名家张寿臣传》一书的序中说:"张寿臣先生是中国相声的集大成者,中国相声界为有这样的先人而自豪。作为晚辈,我只有顶礼膜拜,潜心用功,继承他的务实求正的批判理念,以弘扬中华民族文化精神为己任,才可以谈中国曲艺艺术 21 世纪的主题——保护和发展。"在《天津有个王毓宝》一书中说:"我是听着先生的天津时调长大并成为一名曲艺工作者的……王毓宝先生所走的每一步都感染着我。她是我,也是我们曲艺人学习的典范。"姜昆不仅仅是忙里偷闲为老艺术家的著述作序,而且还关心其书稿的出版,解决他们的困难。如得知出版《董湘昆京东大鼓文集》遇到经费困难,他便出面找到时任中华全国总工会主席的王兆国"求援",申请资助,使饱含董湘昆毕生心血的重要文集得以问世。这不仅仅是对老艺术家及同人的尊重和仗义,而且是对事业、对前辈、对同道所饱含的一种大写的情。这个情,就是曲艺百花园中的雨露和沃土。

再有,彰显了姜昆的学问格局及深厚的理论功底。

他写的序,涉及曲艺种类繁多,有相声、评书、快板、山东快书、京韵大鼓、梅花大鼓、二人转、天津时调、京东大鼓、南音等十余个曲种形式和流派,如果没有对这些曲种的熟悉、精通,怎能对曲坛权威大家的专著进行归纳总结和评介呢?而且在对不同对象的评介上,姜昆用语用句也拿捏得十分巧妙。他深知,如用说教式,非他谦恭之本;太含混,未免无聊;太尖锐,不是他行事风格;太严肃,呆板无味;太幽默,又显得对长辈不尊。相声,本来就是语言艺术,怎样驾驭语言?这本书中,便充分展现了他的学问格局和对语言的灵活应用,令人击节。

在笔法上,有时他用简朴的语言进行素描或剪影式的叙事,很有意思。如《论李伯祥的相声艺术》一书的序,开宗明义第一句话就是,"北京的相声迷,特别喜欢李伯祥先生的演出风格。经常是,李先生没有登台,观众已经咧开嘴等着笑了"。李伯祥的艺术形象有啦!关于伯祥的特点,他说:"我的搭档戴志诚是李伯祥先生的高足。他给我介绍说,师父号称

'李快嘴',九岁时曾跟刘宝瑞大师学习贯口。刘老先生是他的义父,对他非常严厉,从那时起他就种下了'仇恨的种子',发誓长大要学好相声这门功课来'复仇'……李伯祥先生不仅嘴快,脑子也快,平时非常注重积累,喜爱读书看报,一些晦涩难懂的外国人名、地名也都烂熟于心。到外地演出,他总是先实地考察,结合当地特色临时加包袱,从而获得各地观众的喜爱。"这种写法颇显清灵可爱,而就是这些"涉笔偶成"的事和人,便把人和形象有机地联系起来,神韵盎然。

在笔法上,姜昆间或用排比句颇显文采:如为常宝丰《我的父亲常连安》所写的序中,历数了"常氏家族"在相声发展史中的"十二个第一",环环相扣,引人入胜,同时也是对"常氏家族"所做贡献的理论概括。

在潜词造句上,有时也用直白的"真棒!""一部难得的好书,我推荐大家不妨一读"。这种毫不吝啬的"呐喊",招徕众多读者围观。我的《逗你没商量——相声界奇闻趣事》一书,经他这样一"吆喝",再版了五次。难道这不是序的另一功能吗?

最后,彰显了姜昆德隆望尊、韧竹剪风的修为。

才,以德为根。记得当年他为天津举办全国相声大赛,申请了100万元经费。之后,钱到账啦!他提出中国曲协和他本人绝不染指,也不接受任何的"谢意"。出版《中国传统相声大全》《相声大词典》及诸多老艺术家的个人专著,他都以不同的形式给予经济上的资助。天津的王毓宝、李伯祥、魏文亮、常宝丰、杨志刚等人出书请他作序,他从不推辞,准时完成,同时拒收一切酬谢和稿费。有的著书者给他去电询问通讯地址,说:"出版社准备给您寄序言的稿费。"他说:"你们用这钱买书吧,我不要!"我与他相交近三十年,他每一次到津,没接受过任何单位和任何理由的宴请。他不抽烟不喝酒,也拒收任何烟酒及土特产之礼。

他的书法享有盛誉,但他从未被名利干扰,始终以淡定坦然之心从事着自己的事业——大曲艺。我和他共同出席过广东汕头、安徽淮南等地的多个活动,演出之余,求字者络绎不绝,他往往都是通宵不眠。观其笔酣墨浓、神完气足地书写时,不难看出他为了曲艺、为了有更多人支持曲艺事业而挥毫的心情是那么亢奋,令人神驰遐想——"大曲艺"的雏形已经奠定,曲艺人正在为此拼搏。

今天我给姜昆这本书作序,除了出于对他序言文章的钦慕,也有着与其厕身为曲艺鼓与呼的想法。在此,也向姜昆推我作序表示感谢。

2021 年 3 月 23 日

目 录

笑林中人

艺海拾贝

曲苑奇葩

附录

笑林中人

相声大家张寿臣

|《相声名家张寿臣传》序|

张寿臣先生可是中国相声界的一位大家。行内行外没有不服他的。我没有见过他，但是总觉得和他特别熟，因为几乎每一位前辈都和我讲过他的故事。

马季老师说，他见张寿臣的时候，心里打鼓，因为听说这老头儿特别厉害。他是跟着侯宝林老师一起去的，侯宝林那么大的"腕儿"，见张寿臣先生毕恭毕敬，张寿臣先生让他坐他才敢坐下，而马季一直在侯宝林身后站着。

侯宝林师爷曾跟我说："张寿臣开始老看不惯我表演相声加时代歌曲，说我是唱相声的，不是说相声的。后来，我的演出效果好，他改变了看法，和别人说：'要唱，照宝林那么唱！'认可了我对相声的改革。"

前辈们对于张寿臣先生的敬仰溢于言表。

为什么呢？是什么样的作为和贡献使张寿臣先生深受中国相声界爱戴呢？

张寿臣先生是一位贤人，他明大理。他知道要使相声这门纯民俗的口头说唱艺术走进殿堂，成为雅艺，必须脱胎换骨，向文化靠拢。

张寿臣先生是一位学者，除去他在相声创作中引经据典，有些作品则纯粹是他对前人的经典进行演绎和再现。

张寿臣先生还是一位舞台艺术实践者。他最烦人说"糊涂相声"，最不喜欢相声演员格调低下。他说:"在传统相声里,我腻歪《梦中婚》这块活,过去'万人迷'使的时候根本不怎么花哨,后来不少人一'加工',简直是'各有所妙',说起来眉眼乱飞,怪声怪调,丑态百出。谁在生活里追求花哨事儿,谁就在段子里添油加醋。我绝不是说这个段子不能够整理上演,我只是想借这个说演传统相声,这样演和那样演不单纯是个演出技巧问题,而是联系到演员思想本质的。"听,这就是张寿臣先生的追求,20世纪50年代初期说的,今天听来,依然振聋发聩!

中国相声自从有了张寿臣先生,格调升高了,地位提高了,用句时髦的话说,开始和文化接轨了。

相声艺人都看到了张寿臣先生改造相声以后,相声艺术登上了一个新台阶,所以,都服了这位老先生。

浸透在表演艺术当中的文化是一种潜质,没有人甘心没有文化。但是内在浅薄没有玩意儿,外在就无文化可言。传统相声艺术游弋于街头地摊,活跃于市民的茶馆酒肆之中,迎合世俗需要,追求廉价笑声,瑕瑜互现,为的是讨几个钱养家糊口。学这"混饭玩意儿"的和教这"混饭玩意儿"的,都不识几个大字,也无从谈什么文化追求。但这只是相声艺术队伍的一方面。必须承认,从相声受大众欢迎,成为"玩意儿"的时候起,就有不随波逐流的,就有不甘于现状的,就有把下九流的玩意儿当艺术来追求的贤者和智人。虽然他们并不是真正意义上的学者,或是"有闲及有钱"阶级,但是,他们在为自己钟爱的"玩意儿"抬高地位,寻新出路,建新平台。这是相声队伍的另一方面,而且是一个大方面。

谁看不起咱?有文化水儿的人!因为什么看不起咱?说的东西俗,没滋味儿!——得,就从这儿下手,提高文化品位,讲究段子的格调,搞雅俗共赏的玩意儿。

《揣骨相》《哏政部》《夸住宅》脱颖而出;《永乐大典》《笑韵》里取

材,演绎出《三近视》;民间传说中集萃,道出《日遭三险》,刻画出《糊涂县官》。

张寿臣先生会得多,领会得深,带头走改造旧相声的路,地摊上的活,经过他规制拾掇,成了传统相声的精品,老活有了新意,新作文化品位提升,在张寿臣先生这一代,他成为明显的、实实在在的承上启下的突出代表。

我曾经多次听过张寿臣先生的相声、笑话,读过他写的故事书籍,每一次我都感到这些是中国民族民俗幽默喜剧的文学作品。

张寿臣先生是中国相声的集大成者,中国相声界为有这样的先人而自豪。作为晚辈,我只有顶礼膜拜,潜心用功,继承他的务实求真的批判理念,以弘扬中华民族文化精神为己任,才可以谈中国曲艺艺术 21 世纪的主题——保护和发展。

2005 年

常氏相声百年传奇

| 《我的父亲常连安》序 |

前不久为常贵田老师写了一篇小文，通过回忆他父亲常宝堃（艺名"小蘑菇"）的书作，进一步感受到了相声世家在中国相声发展史上的重要作用。

今天，当我们的相声受到社会上"丧失了文化，丧失文化意识"的指责时，我们应该学会用文化意识来审视相声的历史、前辈、传承。

今年是常氏相声一百周年。常连安先生自 1918 年"撂地"说相声，继而培养了常宝堃、常宝霖、常宝霆、常宝华、常宝庆、常宝丰及第三代常贵田、常贵德、常贵升等，至今已整整一百周年。其间常连安先生从 1938 年创建"启明茶社"至今已八十周年，在隆重纪念这个日子之际，由常宝丰口述、鲍震培执笔的《我的父亲常连安》一书出版问世。常氏相声百年的历史，是半部中国相声发展史，展现了家族传承对相声流派和相声艺术发展所起到的重要的、不可低估的作用。

在我国的相声史上，子承父业、孙继祖业者众多，数不胜数，其中有不少的名家大腕儿。如：在著名的"相声八德"中，与"万人迷"（即李德钖）并列排名的焦德海，是第三代"天桥八大怪"之一，收的弟子张寿臣、于俊波、朱阔泉、汤金澄、李寿增等，个个是精英；其子焦少海也是大名鼎鼎，收的徒弟也不乏名家，有赵佩茹、刘奎珍、杨少奎、李润杰等，个个出类拔萃，这对父子为相声艺术的发展做出了贡献。再如：冯昆志、冯振声父子;郭瑞林、郭荣起父子;刘广文、刘文亨父子……相声行业出身的相声演员数不胜数。

然而,如果提及相声"焦家""郭家""刘家"等,即使是相声从业者也难以想到其所指。倒是"冯家"影响稍大一点儿,东北三省相声研究者称其为"冯家门"相声。但是,与在中华人民共和国成立前即已声名显赫的"老常家"相声相比,"冯家门"也稍逊一筹。

"老常家相声"这一称谓出现在20世纪40年代,但是,随着时间的推移,至20世纪50年代中期,去掉了"老"字,被称为"常家相声"。因为,这一时期出现了"马家相声"一说。其时,马三立正值盛年,其父马德禄和其兄马桂元的精湛的演技仍存留在观众的记忆中,侄子马敬伯小荷才露尖尖角,"马家"可谓人才济济,故有这一称谓。

至20世纪80年代中后期,侯耀文走进全国观众的视野,并极受欢迎,与其父侯宝林被称为"侯家相声"。至此,相声行业以"家"或以"姓氏"为单位的称呼,只有三家,即:"常家",又称"常氏"相声;"马家",又称"马氏"相声;"侯家",又称"侯氏"相声。

"常""马""侯"这三个可称之为"相声大家族"的世家中,既有他们的共性,也就是相同之处,又有其个性,就是各家有着自己的特点。至于哪个世家更优秀,贡献更大一些,根本无法排序。但是,我们可以进行系统地研究,研究出的成果就是对三个相声家族的充分认可,非常有利于相声艺术的长远发展。

在纪念"常氏相声百年"的活动中,该书的出版,我认为,既是对常连安先生及常氏家族从艺、成长进行了难得的记述,也是我们相声发展史及理论研究的又一成果。

在相声发展史上,"常家"创造了相声行业的许多个"第一"。如:

常连安拜师焦德海,其子常宝堃拜师张寿臣,父子同时有了师承关

系,在相声行业里史无前例;

常连安创办了第一个专门演出相声的场所启明茶社,它与天津的连兴书场、声远茶社及济南的晨光茶社,均享有"中国相声大本营"之誉;

从1958年开始,常家开创了以"相声大会"的形式演出。之后,天津、沈阳、济南、唐山等地相声演出纷纷效仿;

20世纪三四十年代,所表演的相声段子良莠不齐,甚至"荤"的、"臭"的段子在相声市场上占有较大比例。在这种情况下,"启明茶社"第一个以"茶社"的名义,明确提出说"文明相声";

作为"常家"相声的第一代艺人常连安,先后为儿子常宝堃、常宝霖、常宝霆三人捧哏多年,父亲给儿子捧哏,空前绝后;

在中华人民共和国成立前,常连安、常宝堃、常宝霖父子灌制唱片多达二十张,接近全国相声演员所灌制唱片数量总和的一半;仅1940年,常宝堃与常连安、常宝霖等只在一家电台播出的相声就达一百多段,数量之多,无人可及;

尽管相声艺人有拍摄电影者,但年龄最小且最早,还是兄弟共同拍摄的,只有常宝霆、常宝华;

常宝堃是旧时相声艺人中第一个组织专业剧团的,他创建的"兄弟剧团"演出的"笑剧"就是以后出现的相声剧的雏形;

在相声史上,"常家"出现了一位在朝鲜战场上牺牲的烈士——常宝堃,他是曲艺界第一位获得了"人民艺术家"荣誉称号的人;

中华人民共和国成立后,天津市成立了民办公助的曲艺演出团体——天津市曲艺工作团(天津市曲艺团的前身),首任团长是"常家"的掌门人常连安;

相声是我国公布的第一批非物质文化遗产项目,唯一的国家级传承人就是"常家"的常宝霆;

曲艺艺术的最高领导机构是中国曲艺家协会，协会下成立了一些艺术委员会，其中的相声艺术委员会的第一任会长是"常家"的常贵田……

"常家"创造了相声艺术方面的许多个"第一"，其中任何一项"第一"都是对相声艺术做出的贡献。

我读《我的父亲常连安》一书，从前人的步伐中，看到前辈孜孜不倦地对相声艺术不懈的努力和追求，感慨万千。相信相声业内人士以及广大读者读了该书，也一定会心生敬重、敬仰之情。历史是一面镜子，通过回顾历史，才能对今天有所助益。反省一下眼下的文化状态，我们如何让我们的经济发展与文化发展同步。我们还可以思考我们今天前行的方向。

"常家"第二代常宝丰先生约我为此书写几句话，作为晚辈，我把自己的思索写上，请教诸位贤达，以谢关爱，并对纪念常连安先生从艺一百周年，纪念启明茶社建成八十周年活动表示祝贺。

2018 年春

永远的绿叶

| 《永远的绿叶——纪念捧哏大师郭启儒先生》序 |

　　在相声的宗谱大系中,郭启儒是我老祖辈的艺术家。李文华生前曾经和我说,他最景仰的相声艺术家有三个人:郭启儒、朱相臣、马三立。郭启儒先生在我们相声界,在我们相声演员的心中,形象太高大了!

　　相声界有句老话,叫作"三分逗,七分捧"。这是因为早年间的相声演出,多由师徒搭档,徒弟初学乍练,而旁边的师父无论是临场经验还是表演技巧,自然都远胜于徒弟。

　　郭启儒先生与侯宝林先生的合作,可能不属于这个范畴,但是,他的捧哏艺术是镌刻在他与侯宝林先生创造的一系列相声艺术经典作品的丰碑上的。

　　在所有的文艺形式中,若要选出一样最受老百姓喜爱和关注的,恐怕非相声莫属。

　　说到相声,理论家已经总结过,具有诸如短小精悍、幽默讽刺、诙谐风趣、寓教于乐、雅俗共赏等特点,并且认为"它既是所有民族和民间戏剧意识与手法的集中体现,又影响了所有近代或当代喜剧艺术品种的成长与发展"。

　　但要我说,老百姓喜欢听相声,是因为能从相声中获得愉悦,能从相声中看到他人和自己的影子,能在善意的嘲讽中哈哈一乐,能暂时忘却生活中的烦恼与不如意。相声里没有麻醉,有的是对时弊的针砭和对社会缺失的提醒与诉求。

作为相声演员,我们对于相声的理解,除了要在台上展示"说、学、逗、唱"这些基本功,塑造出栩栩如生的人物形象,还有一点,就是设法运用机智风趣的语言,在你一句我一句的对话中,把人和事描摹叙述得有趣、可乐,力争让观众听了之后不仅发笑,笑过之后还能回味咂摸。

这不是一件容易的事。

相声史中有记载:郭启儒与侯宝林于1941年在天津南市的燕乐戏园联袂献艺,一鸣惊人,声名大振,被誉为"文明相声",不仅成为当时最为叫座的"五档相声"之一,还从此巩固了相声节目经常在杂耍园子"攒底"的格局。

郭启儒与侯宝林合作的成功是有原因的。

相声是语言的艺术,也是说话的艺术。虽说相声演员在台上说的都是大伙儿一听就懂的大白话,可说什么,怎么说,什么时候该逗哏,什么时候又该捧哏,说的语气、节奏,抖"包袱儿"的节骨眼儿在哪儿,全都有讲究。演员的个人技巧是一方面,两个人在台上的配合也不可忽视。所以,除非表演单口相声,我们相声演员最希望的,就是能遇到一位在台上配合默契、珠联璧合的好搭档,如果他还是位"全能型"的选手,那就更完美了。

郭启儒先生的艺术造诣就达到了这种水准,堪称完美。他师出名门,老师是"相声八德"中的相声名家刘德智先生。

郭启儒先生的青年时期正值相声艺术的成熟发展阶段,从撂地到茶园,多年的艺术实践使他在相声表演艺术方面技艺精湛,捧逗俱佳。尤其是1940年开始与侯宝林先生合作以来,以稳重大方、憨厚质朴的艺术形象,确立了两位在相声界长达二十余年的"黄金搭档"地位。

郭启儒先生口述过一篇叫作《相声表演心得》的文章，其中这么写道：

"一般人刚学相声的时候，都先学逗；有了经验才能给人家捧。'捧'的意思，就是说，逗哏的出了漏子，捧哏的给'捧'着。"

老话的"三分逗，七分捧"，应该是从历史的角度总结和强调了捧哏演员的地位和作用。相声发展到今天，捧、逗演员在合作表演一段相声节目的过程中，究竟各占几分比重，其实还得从节目的具体内容出发，但有一点是毋庸置疑的，那就是捧哏演员绝不是可有可无的"聋子的耳朵——配的"（《论捧逗》），二者之间是互相依存、缺一不可的关系。因此，一位好的捧哏演员，往那儿一站，话虽不多，却能起到画龙点睛、烘云托月、穿针引线、锦上添花的作用。只要重温一下郭启儒先生捧哏的节目，这话自然就不难理解了。

郭启儒先生不仅在艺术上功底深厚、博采众长，而且他的高尚人品在相声界也是有口皆碑的。

我的恩师马季先生刚进广播说唱团的时候，就得到过郭先生的无私教诲，而他们二位合作表演的《打电话》，至今仍令人百听不厌。20世纪60年代，李文华老师进入广播说唱团，同样受到郭启儒先生的悉心指导，受益匪浅。

我听很多位前辈老师谈起过郭先生对晚辈的提携，得知早在新中国初期参加北京相声改进小组期间，郭先生就开始致力于对青年相声演员的培养，且卓有成效。因为他诚恳厚道，德高望重，所以同行们都尊称他"老郭爷"，将他的艺德人品誉为"绿叶精神"，代代传颂。

好在，今天的我们有机会看到郭启儒先生留下的许多音像资料，像《夜行记》《关公战秦琼》《改行》等，就是一个个鲜活的相声表演范本，值得我们认真钻研、深入学习。而他的艺德人品，更是我们效仿和弘扬的榜样。

在这本书前讲了这些，就是要说，著名相声表演艺术家郭启儒先生，不仅仅是中国相声界、中国观众心目中堪称完美的捧哏巨匠，他的艺术实践还给我们今天的相声演员们留下了艺术追求上的许多思考。

2013 年 7 月 10 日

相声的"雅"与"俗"

│《清门后人:相声名家陈涌泉艺术自传》序│

现在听相声的人越来越多,研究相声的人越来越少了。有人说相声逗大家哈哈一乐,就是个娱乐,非得从人家逗乐的话中,看出个一二,分析出个子丑寅卯,纯粹是瞎掰。一些相声演员也在演出的场上,大言不惭地说:"相声就是让您笑,别老让人受教育,板着面孔说相声。你意义挺好,不逗乐,谁听呀?"观众听了,高声叫好。一下子,这个观点,好像上上下下都认同了。

一些人耍了一个小关子。

大家伙儿烦一本正经,老百姓讨厌千篇一律,领导讲话老照本宣科,文艺节目政治性太强,观众需要在剧场里放松。有些人冲着大家伙儿这个心理,得出了一个"你意义挺好,不逗乐,谁听呀?"的结论。这里的关键问题是谁说的"让人受教育"非得"板着面孔说相声",谁规定的"你意义挺好"就非得"不逗乐",从而得出了让广大观众觉得要想得到放松和娱乐就不能要求"受教育"和听"有意义"的相声的结论?

张寿臣先生的《文章会》好不好,有没有意义? 常连安先生的《山东斗法》好不好,有没有意义? 侯宝林的《关公战秦琼》好不好,有没有意义?马季的《宇宙牌香烟》好不好,有没有意义?就连文人们不太看好、觉得世俗气太浓的马三立的《粥挑子》,咱们也可以在欣赏之后扪心自问,它有没有意义。其实,这个问题不需要回答,知道相声历史的人都知道答案。现在许多年轻的相声观众不太了解相声的历史，他们挺容易让人蒙喽。

历代相声艺人说了一辈子相声，怎么就没得出像现在的一些人在舞台上说的那些"经验之谈"呢？

提这些问题不是较真儿，是觉得有必要请研究相声的人好好地为今天的观众找找线索，说道说道根由。

中国艺术研究院曲艺研究所编撰的《中国曲艺通史》提到相声时，有这样一段记载：

　　曲艺来自民间，历来由于得到不同的社会阶层的喜好，从形式到内容都存有"雅"与"俗"的分界。清代满族处于统治地位，满与汉的分野格外清楚，统治者的尚"雅"与被统治者的趋"俗"在北京尤为明显。进入民国后，由于民主之风盛行等因素，促成了一些大都市里"雅""俗"两种风格的并存与融合。如清代北京内城的大书茶馆是专供官僚贵族及士大夫一类听众听书的场所，外城的天桥等地则是市民的娱乐场地，泾渭分明。在天桥卖艺的艺人不能进内城演唱，在大书茶馆说书的艺人一般也不去天桥"撂地"，免失身份。然而，时过境迁，民国八年（1919）旗饷停发，一些向来以自娱为主，并自称高雅的旗籍子弟票友失去了生活来源，一部分人只好"下海"进入茶园以卖艺为生计，成为职业的曲艺艺人。此时，内城的曲艺场所日趋大众化，一些茶馆老板也就去天桥礼聘那些长期撂地的杰出艺人进入茶馆表演。在书茶馆里，面对各阶层的观众，八旗子弟的"雅"不能卖钱，而天桥艺人的"俗"也卖不了钱。因此，脱"雅"随"俗"、去"俗"趋"雅"的改革，就在这种场合中得到了融合，同时推动了曲艺艺术的发展。……

> 曲艺艺术来自民间，历来又有自娱与娱人的区别。自娱亦有"雅""俗"之别。……雅俗共赏是民国时期曲艺发展的一个总趋向。
>
> （《中国曲艺通史》第484-485页）

可见，在相声发展的历史上，相声品位的雅俗之分，一直没有停止过相互影响和制约。

手头这本书，由相声名家陈涌泉老师口述，青年学者蒋慧明整理，它不仅仅是一本简单的相声演员的艺术自传，也可以看作是一本研究相声历史的学术著作。书中记述的生动真实的人物、事件，清楚地告诉了我们这样一个事实：几乎打一百五十年以前，就有相声的同人在说这件事——他们从相声诞生的那天起，就把逗乐这种艺术形式，分了"清门""浑门"两大类。尽管他们是以劳作的目的不同而分的，一个为娱乐，一个为糊口，但是从他们对作品艺术品位的追求上，你不难得出"清""浑"之分里亦有"粗""野"之别的成分，更有"雅""俗"的欣赏情趣孕育其中。尽管以后的相声艺术这两门殊途同归，但从几代相声艺人的不懈追求中，让相声从世俗街巷的艺术品位走向艺术殿堂的高端，已经成为社会对相声发展认识的不争的共识。

我曾经说："写相声、说相声的人还要有责任感。相声要有文化自觉性：我要写什么、不写什么、唱什么、不唱什么，要有正确的价值观。"这点我是从老一辈相声艺人那里学习的。

常宝华先生曾告诉我，他的大哥常宝堃1949年前说相声还被国民党逮捕过。"那时候相声是有战斗性的，我们当然要有抨击有颂扬。""笑是目的，但不是唯一目的。"他曾经举相声里面的一段作例：

甲：蛤蟆为什么声音大？

乙：因为嘴大脖子粗呗。

甲：那字纸篓子也嘴大脖子粗，怎么没声儿呢？

　　这段是让您一乐就得吗？不尽然。这是在讽刺教条主义啊。

　　相声里还有学走路迈左腿伸左胳膊的规矩，"这是说凡事都要遵循规律"。这是侯宝林等相声大师在相声发展过程中去粗取精，将传统相声雅化后带来的效果。他还强调"规矩"二字。"现在都没有规矩了，一些人还不知相声元素是什么呢，就随随便便说相声。比如包袱，现在外行人都知道包袱，你以为包袱就是逗乐吗？它是一个有机的组成，有特定的元素和结构，最后是要体现'必然笑声'的。"当然他认为这些规矩并不会成为束缚，它是一种自然的指导实践的理论，像过马路走人行横道一样自然。

　　曹禺先生曾经说：最好的戏是欣赏完以后，留给人们思考的余地，而不是当时在剧场的哈哈一乐和议论纷纷。

　　前辈们在娱乐的同时不忘追求格调、品位，我们从"清门相声"的历史追溯中，不知道能不能得到这样的启迪。

　　陈涌泉老师是我们相声界德高望重的老先生之一，他出身相声世家，家学渊源，其外祖父钟子良先生是"清门相声"的代表人物之一，创作过《八猫图》《卖五器》等作品，流传至今；其父陈子珍先生更是 20 世纪二三十年代红极一时的相声演员，既继承了"清门相声"的文雅，同时又吸收了"浑门"的特点，在相声界独树一帜。陈涌泉老师本人也是能捧能逗，能演单口，能搞创作兼理论研究，可谓相声界里一位难得的"多面手"。

　　我一向对陈涌泉老师敬重有加。而且话要说起来，我们家跟陈家还是世交呢，因为我爷爷跟陈老师的父亲也就是陈子珍先生有着很深的交情。当年，我爷爷是同福斋饭馆的老掌柜，每次陈子珍先生从隆福寺遛弯儿回来,路过同福斋,我爷爷都会用一块干净的手绢兜上一兜特别烹制的干炸丸子,请陈先生带回家品尝。所以知道这段历史以后,我还跟陈涌泉老师开玩笑说:看来是这"干炸丸子"的缘分,不仅连起了上辈人的友情,也让我这个后辈跟您一样,成了一名相声演员!

欣闻陈涌泉老师即将八十大寿,由北京周末相声俱乐部出资为他出版这本传记,同时还将组织一台专场演出。我认为这是一件非常有意义的事。所以当陈涌泉老师和协助其写书的我的学生蒋慧明提出请我写序的时候,我欣然应允。我真心希望,有更多的有识之士加入研究相声史和相声人的行列中来,也希望能有更多类似的著作问世。

最后,谨祝陈涌泉老师艺术之树常青!

2011 年 7 月 26 日凌晨

永远的守望者

|《藏地追梦人——土登的传奇人生》序 |

2009 年年初,应西藏电视台藏历年晚会剧组邀请,我到拉萨参加藏历新年晚会,与我的老朋友土登搭档,表演相声《姜昆开店》。排练之余,西藏曲协主席平措扎西告诉我,他正着手为土登写传记。一晃眼,两年过去了,平措扎西撰写的《藏地追梦人》一书也已成稿。看着书稿,我与土登相识相知的过程历历在目。

土登是西藏著名的曲艺表演艺术家,现任中国曲艺家协会顾问、西藏曲艺家协会名誉主席,是藏语相声界的领军人物。他还涉足说唱《格萨尔》、喇嘛玛尼等独具西藏特色的曲艺艺术,深受西藏观众的喜爱。在西藏,提起土登,几乎无人不识。

我与土登认识,有些年头了。当年,我和他同为中国曲协理事,后来又先后被选举为中国曲协副主席,一年一度的年会上总会见上一面。土登给人的感觉是不爱说话,但交往久了才发现他是个热情似火的人,只因汉语说得不太流利,他在我们面前才显得不爱说话。

对土登印象深刻,是在 1998 年 6 月。那年,拉萨市歌舞团曲艺队正式成立,这是西藏第一支专业曲艺队,这支队伍的成立是西藏乃至全国曲艺史上的一件大事,我和刘兰芳主席一同到拉萨参加成立仪式,并表示祝贺。在拉萨,听到西藏曲协的同行们说土登为曲艺队的成立奔走呼吁的点点滴滴,我十分感动。为了成立这么一支专业曲艺队伍,土登从

20 世纪 80 年代一直多方奔走，四处呼吁，直到退休仍然不放弃，终于在 1998 年迎来了曲艺队的成立，这一点足以体现他对曲艺事业的执着和热爱。

此后，每次到拉萨处理姜昆希望小学的事情或赴藏参加演出，我都要顺道看望这位令我敬佩的老大哥。交往久了，我对他的认识更加全面了。他从十二岁开始就在拉萨功德林寺的僧人藏戏队里扮演女角，他首次把著名的藏族史诗"格萨尔"说唱搬上艺术舞台，他深入挖掘西藏传统曲艺，并把它们展现在舞台上，他从 20 世纪 60 年代开始，一直活跃在藏语相声的舞台上，为这个艺术形式在西藏的传播、发展，尽心尽力。

土登对西藏曲艺的关注无人能比，拉萨市歌舞团曲艺队演员队伍青黄不接的状况让他心忧，他多次向我说起这件事。作为中国曲协的负责人之一，这件事也是我理所当然应该帮助解决的事情，我也通过自己的努力，帮他反映这些情况。2010 年年初，我接到了他的电话，他在电话那头兴奋地告诉我："姜昆书记，感谢您，曲艺队新进人员的编制终于解决了，十名年轻的演员充实到了曲艺队，我现在放心了。"听着他兴冲冲的话语，我被他在颐养天年的年纪仍如此心系曲艺的精神境界所打动。

2006 年，土登荣获了中国曲艺牡丹终身成就奖，凭着他对曲艺的热爱，凭着他对西藏曲艺事业的贡献，凭着他杰出的曲艺才华，我认为他是当之无愧的。

2006 年，庆贺土登从艺六十周年专场演出在拉萨举行，土登特别邀请我参加。我接到邀请十分高兴，虽然安排档期有些困难，但如果缺席了他的专场演出，心里会十分不安，于是我就和戴志诚一同飞到拉萨，参加了专场晚会，并表演了相声《精彩网络》。在这个晚会上，土登尽情表现了他的艺术才能，相声、藏戏、舞蹈、说唱格萨尔，轮番上演，个个精彩，不得不让人佩服他的精力与体力。

演出结束之际,一幕感人的场面出现了,居委会的大妈大叔们,自发捧着哈达来到晚会现场,一一为他献上哈达和祝福。真诚的表情,朴素的话语,透着群众对这位人民艺术家的喜爱之情。

把土登称为人民艺术家,恰如其分。这种感觉在翻看《藏地追梦人》这部书稿时更加强烈。为了把文艺节目送到被称为高原孤岛的墨脱,他和同事们冒着生命危险,爬雪山过溜索,经历了生与死的考验;在巡演的路上,他们与几个牧民不期而遇,得知他们从没看过专业的文艺演出,他动员演员们卸下一车的道具和服装,在无垠的草原,三十余名演员着演出服,为七个牧民正正式式地演出了一场,让牧民潸然泪下;为了让偏远乡村的群众看上演出,他带领演员骑着马、走着路、划着牛皮船,创造了一个又一个纪录;每到一地,他总是带头为当地贫困群众倾其所有。2009年,我到拉萨参加藏历年晚会时,已七十五岁高龄的他仍自愿申请参加当地举办的"送戏下乡"活动,为此,他受风着冷嗓子发炎,差点失声参加不了晚会。也是在这一年,在他七十五岁高龄时,他再一次选择到平均海拔超过四千米的阿里巡演,并一场不落地坚持下来。土登能几十年如一日地心系人民,是因为他对人民怀有最深沉的爱。

土登对待自己却十分严格,总是不断督促自己进步。他没有上过学,也没有受过专业的培训,但他虚心学习,每到一地,向当地群众学习歌舞曲艺节目;原先他只会敲扬琴,后来到处拜师学艺,学会了笛子、扎年琴;原本他不识一个汉字,但多年坚持自学,如今,能写信,还能记录工作,十分不易。2009年,和他排练《姜昆开店》时,他严重失眠,可为了最完美地表演好这段相声,他在脚本上注满了藏语音,无时无刻不在背台词,像个赶考的学生,其毅力其执着让人动容。

土登像一位忠实的农民,在他的艺术园地,认真踏实地耕耘了一生,最终收获了幸福与喜悦。《藏地追梦人》记录了土登充满开拓精神的艺术之路。从另一个角度看,这也是一本寻梦日记,它不仅为我们展现了一个人的艺术生活,也展现了一段无法复制的历史,一种永远以艺术为最高追求的精神境界,一个痴迷于艺术的人对舞台的迷恋与向往。阅读这本书,必将使我们更加了解土登这位我国曲艺界的传奇人物,也更加了解西藏曲艺艺术。

2011 年 1 月 10 日

刘赶三再世

|《百丑图》序 |

按相声宗谱中的辈分来算,吴兆南先生是我的师叔,虽然他长我的恩师马季先生十岁,但是吴先生入门比马季先生晚,所以按我们相声的行规称他为师叔,而不是师伯或是师大爷。

吴先生拜侯宝林先生为师是在香港,1982 年。

20 世纪 80 年代初,侯宝林先生到香港演出是华人中的头条新闻。这是侯宝林先生有生以来,第一次到香港。尤其是"文革"以后,侯宝林复出来到香港演出,当然轰动了华人世界。喜欢侯先生的观众和相声迷从世界各地云集到香港,一睹大师的风采不说,也送去他们对在"文革"中遭到厄运的侯先生的关爱之心。

吴兆南先生当然没有落这个空。他不失时机地在这个时候,提出了他多年的心愿:拜在侯宝林先生门下,完成他成为相声入室弟子的夙愿。

中国的相声界都知道台湾吴兆南、魏龙豪先生的大名。他们二位,在宝岛演绎中国老祖宗留给中国人逗乐的"玩意儿"——相声,承曼倩遗风,传优伶之乐,一干就是大半辈子。在美国已故华人银行家李肃然老先生的举荐下,吴兆南在香港正式拜侯宝林先生为师,郭全宝先生当保师,马季先生主持仪式,我则是司仪兼摄影。从此,宝岛台湾有了第一个,也是唯一一个侯门相声传人——吴兆南先生。

在以后的近三十年的时间里,我几乎每年都要与吴先生见几次面,在中国大陆、在中国台湾、在美国。我对吴先生的印象也从相声带子、CD 唱盘和舞台上，返璞归真到生活中。在生活中，我了解到他的爱好、他对艺术的追求不仅仅在相声上，还在他钟爱的京剧里，在他擅长的丑角艺术上，在他崇拜的中华民族传统文化中。

记得 20 世纪 90 年代初，我在洛杉矶 1370 中文台接受采访，我纠正了一下播音员的发音，告诉他如果在古籍"滑稽列传"的这个专用名词上，此处"滑"字应该发"骨头"的"骨"音。晚上到吴先生府上，他马上告诉我，下午他听了广播，认为我做得很对。他说，很多人、包括教书的先生都会读错这个音，甚至弄得大家伙儿认为谁读成"骨"音，倒是一个很滑稽的事了。他还举了很多的例子来说明，比如"叶公好龙"的"叶"字要读"射"音，"耄耋老人"绝不能读成"毛至老人"等。自然而然，我们也引到了京剧里的"京白"上口的一些词句。一时间话匣子打开，所能触及的小典故，能写一本书。

为什么有这么丰富的内容？因为触到了吴先生的丑角本功上。"生旦净末丑，神仙老虎狗。"别看"丑"行排在最后，但是它的功力在京剧行当中，应该是最难的，不然为什么在萧长华、马富禄之后，很难找出一个能与前人并论的"丑角"艺术家大名。

吴先生的"丑"功，应该是得到社会的认可的。

张大千先生曾经写过一副对联，称赞吴先生的丑角技艺，"从人笑我生张八，举国传君活赶三"。张大千先生谦虚地称自己是宋朝"生张熟魏"的张八女子，疏于奉承，但世人都夸赞吴兆南先生是历史上赶着活驴上宫里给慈禧老佛爷演出的刘赶三名伶再世。褒奖自在这巧对佳作之中。

张大千先生是艺术大师，一生沉浸在国粹的艺苑里，以他对民族艺术的理解，他没有理由去吹捧什么人，所以他的赞赏，我认为是对吴兆南先生恰如其分的评价。而今，这里又有《百丑图》画册的出版作一佐证，更能说明吴先生在"丑"角行当上的造诣。台湾的各大老生、名旦和名票，吴先生都陪演过，加上在本书中可以看到吴先生所能接触到的大陆京剧大师，几乎都曾与他有合作，足可以说明行里行外对吴兆南先生丑角艺术的认可。

与吴先生交往，能聊的事颇多，话匣子打开没完。我在洛杉矶过六十岁生日的小聚会，席间嘉宾吴先生请我为他的《百丑图》作序，我打趣地问："先生八十五岁高龄，还能在椅子上做倒立吗？"

吴先生说："照做不误！"当时说话那个样子，只要给他摆个椅子，他立时在这里拿个大顶给大家看。我忙拦下："打住，师叔，我绝对相信！冲您这精气神儿，说您八十有五，谁信呀。不过这也证明，咱一个艺术的好角儿，就得是像您这样的。小子遵命，回去就写！"于是，我回到了家里，拿起笔，写了上面这些话，算是给老爷子扮演"百丑"剧照的画册，写个小序。不过，真正的玩意儿，您还是得看这书里记载的他的一个个扮相，一出出戏折。

写于 2010 年

无丑不美，丑中见美

|《吴兆南之莔丑图》推荐序|

我六十岁生日的前几天，遵吴兆南先生之嘱，为您的《百丑图》一书，写了一篇小文忝作为序。

三年过去了，又一次看吴先生，他考我："认识这个字吗？"这是两个"百"字放在了一起。

活了六十多年，念了十几年书，搞相声创作，也算与文化打了大半辈子交道，认识不下几千汉字。但凭良心讲，我头一回看见有人把两个"百"字搁一块儿写出来的。

"老爷子，这是字吗？"回答非常肯定："有！这个字读音念'bì'，当两百讲！"我一听乐了，这要是写万字，一张 A4 的纸盛得下吗?!

我以为是笑谈，随手上网查了一下，结果看到一个端端正正的"莔"字就在汉字的检索里面。我立马汗颜，太孤陋寡闻了！

吴先生告诉我，他要出《吴兆南之莔丑图》，两百个京剧丑角的形象造型，扮上，拍照，出书！

这是年近九十的老人啊。

吴先生相声、戏剧，两下锅，双打锣。

听前辈讲过，相声和京剧的丑行，有一定的历史渊源。侯宝林先生就把相声的起源追溯到唐代的参军戏。

研究艺术历史的人都知道，唐代参军戏是以讽刺、滑稽为主的一种表现形式。一般人都说京剧,生旦净末丑,丑行排在最末。其实,在梨园行,有以丑为"尊"之说,也曾有在后台必须丑行演员先动了第一笔,其他行当才能开始化装扮戏的规矩。侯宝林先生先学京剧,后来改行说了相声。他告诉过我,丑角,无不行,百行通。丑角能演形形色色的人物,上至皇帝百官、达官贵人,下至平民百姓、旗牌骡夫,男女老少,聋哑残瘸,文人墨客,草莽豪杰,无所不能。

中国戏曲到了宋代,逐渐成熟,宋杂剧中副净和副末,就是丑角的行当。他们在剧中插科打诨,活跃戏剧气氛。川剧中的丑行,高甲戏中的丑婆,豫剧中的县官等,都有丑角艺术的精湛展现。

别看称谓为丑,在戏剧的表演中,无丑不美。丑角在表演中,在装扮和表演上借鉴了小生和花旦的许多元素。蒋干、汤勤、张文远的风流倜傥;时迁、邱小义、杨香武的侠肝义胆;崇公道的忠厚、善良;《秋江》里的老船夫的风趣幽默……丑角艺术家的精心刻画,使每一类型的人物,既有丑行共同的艺术特色,又有各自鲜明的人物特点,每一个舞台上的形象都栩栩如生,传世不衰。

戏剧评论家们说:"丑其美:以己之丑,使观众开心;以己之丑,揭坏人之丑;以己之丑,鞭社会之丑;以己之丑,盼人间不再有丑。丑角如清泉在涤污中,自己也成为浊水而消亡。"丑中见美是京剧丑角艺术的最高美学境界。

在北京,许多戏剧名家拜书法家欧阳中石为师,我不解其意,去问究竟。于魁智先生告诉我:"老先生肚子里宽敞,会的戏太多。现在几乎没有人能比得上,他给我们说戏,都得服呀!"

我恍然大悟,原来太多的东西不学,就失传了。

我问吴先生:"京剧里有二百出丑角的戏吗?"他说:"挖呀!"

我相信,对于吴先生来说,这不仅是个力气活儿,这还是个传统戏剧挖掘的大工程。

　　吴先生还说,丑行从大类上分文丑、武丑,细分类还有官衣丑、方巾丑、褶子丑、茶衣丑、老丑、矮子丑等,各类丑行都有扮相表演的规范。光鼻梁子上的豆腐块儿,就有着不同的形状。有的是方的;有的是元宝形或是倒元宝形——叫作腰子形;还有的是枣核形,根据不同的人物,画不同形状和大小的白粉块……

　　没想到也就是三个月的时间,吴先生打来电话:"'皕丑图'工程,基本完成!"这回,我得真叫一声老爷子了,您真行呀!

　　我为吴兆南先生"老当益壮,宁移白首之心"的精神所折服。"老骥伏枥,志在千里",这位老人志在"万里",让我这六十多岁的人都追不上。如何是好?赶紧写上上面的话,为这本《吴兆南之皕丑图》作一点说明。

2013 年 7 月底匆就于旅途中

耄耋观念依然新

| 《论李伯祥的相声艺术》序 |

北京的相声迷，特别喜欢李伯祥先生的演出风格。经常是，李先生没有登台，观众已经咧开嘴等着笑了。因为大家熟悉李伯祥先生的表演风格，等待他滔滔不绝，连片子嘴述说笑料。北京人熟悉李伯祥先生，热爱相声的观众也熟悉李先生的相声作品。人们评价他：李伯祥矮个儿、小眼睛、小分头儿，总是精气神儿十足的样子。台上台下讲话都是滴水不漏的劲头儿。不论是传统的《大戏魔》《写对联》《报菜名》，还是新作品《聊天儿》《两面人》《看〈红岩〉》《谦虚论》，李伯祥的表演都能牢牢抓住观众。他的机智、灵巧的台风和快、爆、脆、准的口风以及佯装敦厚其实心怀"诡秘"的艺术特色，将深厚的基本功底孕育于平常的功夫和神气之中，形成了独特的表演风格。从观众在他的表演后报以的热烈掌声里，可以感受到作为相声表演艺术家，李伯祥先生在人们心里的位置。

我的搭档戴志诚是李伯祥先生的高足。他给我介绍说，师父号称"李快嘴"，九岁时就曾跟刘宝瑞大师学习贯口。刘老先生是他的义父，对他非常严厉，从那时起他就种下了"仇恨的种子"，发誓长大要学好相声这门功课来"复仇"。最初李伯祥学习相声是为了跟随父亲维持生计，后来由于勤学苦练才脱颖而出。李伯祥先生不仅嘴快，脑子也快，平时非常注重积累，喜爱读书看报，一些晦涩难懂的外国人名、地名也都烂熟于心。到外地演出，他总是先实地考察，结合当地特色临时加包袱，从而获得各地观众的喜爱。

一如大家所知,李伯祥先生是从天津走出来的闻名全国的相声表演艺术家。今天,在李先生从艺七十余年之际,二十多位曲艺理论家、作家、相声演员及熟悉李先生的方方面面的人士,纷纷挥笔撰写评介李先生艺术成就的理论文章,出版了这一理论文集,给这位艺术家七十五年的艺术生涯做一个回顾和总结。这个文集的出版,不论是对他个人,还是对相声事业的发展,都是一件大好事。这些文章从不同的角度让我们对李伯祥先生有了更多的了解。

李先生五岁跟父亲做学徒,六岁登台。其间拜相声大家赵佩茹先生为师,成为赵先生的大弟子。他在济南晨光茶社做学徒期间,接触多位前辈名家,博采众长于一身,也在此打下了坚实的基本功。同是一个段子,哪个情节哪位前辈设计得好,哪个包袱哪位前辈抖得响,这对李先生来说如数家珍。这不仅说明李先生识多见广,而且能有力地证明李先生记忆力超强,故素有"电脑"之称。

一次全国相声大赛现场,李先生是评委。根据多个观众热线电话的要求,大赛监委请李先生谈一谈相声"贯口"的表演。李先生由浅入深,从什么是"贯口",表演"贯口"的规律讲起,当举例子时,李先生选的是"董存瑞"。他一气呵成,张弛适度,背诵了整个"趟子"近四分钟。这是中华人民共和国成立初期,相声艺人们创作的《新八扇屏》中的一扇。时隔六十年,在没有任何思想准备的前提下,整个背诵中没吃一个"栗子"(相声术语,指相声演员在台上表演时的口误)。如此表明,李先生除了基本功好、有超强的记忆力,他当年也是说新唱新、让相声为新时代服务的首批响应者,为推动相声的发展起着积极的作用。

20 世纪 80 年代初,"五讲四美三热爱"活动伊始,几个有关的部门在北京联合举办了专题的相声大会。除了北京,外地仅有一对演员参演,那就是李伯祥、杜国芝两位先生。他们演出的是李先生的新作《家庭联欢会》。当时大部分观众都听得入神,觉得情节新鲜。事后听前辈们讲,这是传统段子《五人义》的框架。拜读《五人义》脚本后,我感觉到:李先生虽然套用了《五人义》的框架,但旧瓶装新酒,装得巧妙,装得贴切,装得不露痕迹。李先生能把传统段子信手拈来,"古"为今用,证明李先生传统段子及接近传统的新段子会得太多了,而且拆改变化调度有方,让熟知传统段子的老人也能说一声"妙"。

今天,李先生八十岁了仍能活跃在舞台上,而且在北京相声俱乐部及天津的大小剧场演出还能"攒底",这为中国的相声史增添了光彩的一笔,可以说在相声史上也是罕见的。

年迈头脑仍清醒,耄耋观念依然新。借这本书出版之际,我祝李先生艺术之树常青,等待他继续滔滔不绝,连片子嘴述说笑料。

2017 年

津派代表，相声大家

|《魏文亮相声艺术理论文集》①序|

舞台表演艺术是极具个性化的，因此，要研究一位造诣深厚的表演艺术家，最有价值的就是对他的艺术理论进行总结。艺术理论是对艺术家创作、表演风格、经验、理念、成就的体系化梳理，也是后来者学习、借鉴和研究的依据，不仅对艺术家本人很有意义，对本门类艺术的传承发展也有着特别重要的意义。

《魏文亮相声艺术理论文集》就有这样的重要意义。

出生于天津的曲艺世家，幼年从艺，七十多年跌宕起伏而又丰富多彩的演艺生涯，塑造了一个极具个性的魏文亮先生，使他台上作艺台下为人都具有独特的风格，并且魅力十足。《魏文亮相声艺术理论文集》就是针对"独具个性的魏文亮"进行了全面、深入、系统地研究和归纳，使魏文亮这位"好说相声的"和他说的那些"好相声"都上升到了理论高度。这不仅是对魏文亮先生与众不同的艺术特色和艺术风格的总结，也为相声后辈和广大爱好者提供了学习、借鉴、仿效、继承的范本。

除了诸位理论家对魏文亮先生那些久演不衰的、在观众中具有深远影响的、传统创编皆有的代表作品的剖析研究，该书还邀请了魏文亮先生的同事、朋友以及弟子们撰写文章，通过他们讲述的各自心目中的

---

① 该文集尚未付梓。

这位师兄、好友、长辈、师父，真实而立体地呈现出一个"幼而失学"的贫苦艺人怎样成长为一位深受观众喜爱和敬重、深受同行推崇和崇拜、具有深厚的学识修养、艺德艺术两方面都达到较高境界的相声大家。可以说，对于魏先生几十年修身立德方面的研究，其意义与研究他的艺术精髓和艺术成就一样重要。

一个演员，归根到底要用作品说话，在这一点上，魏文亮老师实在"有话可说"。从七岁出道开始到如今年近八旬，他擅演的作品数以百计。他历经名师，深受传统的熏陶和规范，功底扎实，能活颇多，说学逗唱无一不精。而尤为难得的是，他把深厚精准的传统技艺运用于新作品之中，且巧妙自然得无懈可击，因而才有了这么多享誉全国、脍炙人口的相声精品。其中尤以《要条件》《谁的耳音好》《爱与美》《关起门来说》《老有所为》《论〈水浒〉》以及系列相声《生活中的女主角》等体现天津人独有的性格心理、生活态度、处事方式、民风民俗的节目最为精彩，讲论世事真心真意、入情入理；塑造人物活灵活现、如见如闻；结构包袱自然就新奇脆响、回味无穷。这些精美绝伦的段子不仅是魏先生的经典保留节目，更是构成"津派相声"的重要组成内容，就此也奠定了魏文亮"津派相声"代表人物的地位。

《魏文亮相声艺术理论文集》是对魏文亮先生七十多年艺术创作经验理论的总结，虽然是一本理论书籍，却并不枯燥呆板，而是充满温情，一位老相声人的全副心血、满腔深情洋溢其中，使我深受感动。艺术的继承、传续、丰富、发展是艺术家奉献心血的结果，那些将自己的心智、情怀、理想甚至生命与艺业融为一体的人，值得享受我们最衷心的敬意，魏文亮先生就是这样的人。

相声前辈魏文亮先生嘱我为《魏文亮相声艺术理论文集》作序，我便写下了如上读后感，并以此向魏文亮先生致以衷心的敬意和真挚的祝福！

2021 年

相声世家

| 《五"独"俱全》序 |

喜欢相声的观众，很少有不知道"常贵田"这个名字的。

常贵田先生可是实实在在的相声世家出身。爷爷常连安，辈分和马连良大师同属连字辈。据说，侯宝林先生的相声，在京津还没有火起来的时候，"小蘑菇"的名声已经蜚声京、津、冀、鲁。这个艺名叫"小蘑菇"的演员，就是常贵田的父亲常宝堃先生。

常宝堃先生是中国相声界最有时代色彩的一位老前辈。说他有色彩，是因为日伪时期，他敢讽刺日伪反动统治，表演相声《牙膏袋》《打桥票》，为此遭到逮捕、毒打；被释放后，反动当局曾威逼利诱他编演讽刺共产党的相声，他断然拒绝；中华人民共和国成立后，他致力于新相声的改革和创新，编演了许多新作品《新灯谜》《思想问题》等，歌颂社会主义的新人新事新风尚；1951 年参加中国人民赴朝鲜慰问团慰问演出，4 月 23 日在朝鲜前线演出时，遭美军飞机疯狂轰炸扫射，不幸牺牲。常宝堃先生的葬礼，由天津市市长领队，送行的市民万人空巷，这个色彩是中国艺术家身上的革命色彩。

常贵田先生身上传承的不仅是他相声世家的传统，更有他父辈留下来的革命传统。

我踏上相声艺术道路，就是在各位相声前辈的艺术陶冶中前行的。

1977 年参加全国曲艺调演，我以一个黑龙江生产建设兵团业余相声演员的身份结识了常贵田。第一次见他的时候,他的谦虚让我受不了。

"你和师胜杰的相声我们都观摩、学习过了。"

"你们小段的本子给我一个,我们学着演出试试。"

"看过我们的演出吗？多提提意见！"

"你们从基层来,比我们生活多！"

这就是已经说过《死伤登记处》《喇叭声声》,在相声界非常有名的常贵田老师。

相声界的前辈,很少愿意让自己的孩子从事他们的老本行,可能是他们认为相声这一行太难出人才、出好作品。一方面,不愿再让孩子们受罪,另一方面,也怕他们高不成低不就,反倒有辱门庭。可在我接触常贵田先生的时候,我的第一印象是:他的身上没有一点相声世家、名门之后的影子,他是一个标准的人民解放军战士,百分之百的文艺兵。他的和蔼可亲和谦虚,给了我这个相声新兵以温暖,影响我走入这个大家庭并给自己定下做人准则:对同道心存平实,于艺术怀抱忠诚。

在这本集子里,常贵田先生叙述了相声大家庭"常氏家族"的历史。

"常氏家族"四代人对相声艺术的贡献,中国文化艺术界和相声观众都看在眼里,深知它的分量,"常氏家族"在中国相声发展史上占有重要位置。如今第四代的常亮、常远、杨凯等也开始崭露头角。可以说,如果评选一个家庭中相声演员最多者,常氏家族当仁不让,独占鳌头。常氏家族算得上是近现代中国相声史的一个缩影。

"常氏家族"称得上是相声界的世家,既称得上"世家",必定世代相承,而且"常氏家族"有自己可以标榜青史的"世家精神"。世家原指出身显贵,世代沿袭之大的家族,后来世家也指以某种专业世代相承并且有着丰富的人文内涵的家族。作为一种历史文化传统,"世家精神"不仅与地位头衔和专业技能相关,也离不开社会行为准则和价值标准。它包括文化的教养、社会的担当,也就是对专业强烈的文化自觉、高层次的追求和强烈的社会责任感。

在常贵田先生的这本书里,对于"世家精神"的体现是一览无遗的,每一个读者都可以用心去品味。他所记叙的,不仅仅是相声的表演和传承接代,更记叙了前辈怎样有鉴别地对待传统、有扬弃地继承传统,让作为中华文化一部分的相声艺术在新时代发扬光大,为增强国家发展和民族复兴献出微薄之力,从而让受众从优秀传统文化中提升民族自豪感。

习近平总书记提出:怎样对待本国历史,怎样对待本国传统文化,这是任何国家在实现现代化过程中都必须解决好的问题。

几千年来,中华优秀传统文化在中华民族的生存和发展中,始终发挥着十分重要的作用。今天,在实现中华民族伟大复兴中国梦的历史征程中,我们应当按照习近平总书记提出的"对绵延五千多年的中华文明,我们应该多一份尊重,多一份思考"的要求,去细细地思考我们相声事业的传承和发展。常贵田先生讲述的"世家精神",有旧艺人怎样恪守人格尊严,也有新时代的相声艺术家如何追求崇高与卓越。文化是一种价值认同,是深入人心的,是熏神染骨的,一旦被人们接受,就会体现在社会生活的时时刻刻、方方面面,渗透在家庭、学校、城市、村庄,成为一种文化传承方式。

习近平总书记在"一带一路"国际合作高峰论坛上介绍说:"在北京你们不仅可以欣赏到传统的京剧和相声,还可以欣赏到芭蕾舞和交响乐。"总书记对相声艺术的殷切希望尽显其中。相声应该怎么做,相声应该做什么,相声大家庭的每一个成员,是不是都应该认真地答好这个答卷呢?

我愿意把常贵田先生的这本书看成是我们共同回答的开始。

2018 年

耀文老师好走

"痛悼笑星陨落，曲坛今日无声"，我用这样的话记录了我在耀文老师灵前的感受。离开祖国半个月，下午下了飞机，直奔侯耀文的家中而去，我怀着十分沉重的心情祭拜这位生前的挚友。我听到侯耀文去世的消息时，正带团在日本进行演出活动，根本不相信这个事情是真的，当时找不到中文相关报道，就赶紧去找能上网的地方去证实。在确认侯耀文去世的消息后，我泪流满面。我说老天爷不公，今年不到半年的时间，相声界三巨头马季、赵世忠、侯耀文相继离我们而去，不应该呀！我们被人称作是笑的使者，制造欢笑的人，我们为人间创造出无尽的欢乐，我们把笑声洒在人们的心里，为什么让我们相声界的领军人物匆匆地走向我们大家不熟悉的那个世界，我们这个世界里还有很多事等着他们去做呢，老天爷他实在太不公平！

耀文老师的离去，我已经流了几天的泪了，我愈发地感到身上的担子之重，重得我几乎承担不起来。因为耀文为相声、为曲艺事业干得太多了。我也听到过人们对于侯耀文的不同议论，在网上我也看到一些这样那样的话，我认为任何话都抹杀不了侯耀文为中国相声事业所做出的杰出贡献。

1976 年，我们俩在全国曲艺调演会上第一次结识，如今已经整整三十年了！我第一次看他的作品，就被他在舞台上的艺术魅力所折服。那年，我有幸看到了他和侯大师两个人的表演，侯大师表演的是《采访记》，他表演的是《警察与小偷》。在当时"文革"期间那种沉寂的舞台上，能看到这样精彩的、为观众所喜爱的节目，是我的福分。我不知道用什么语言来形容侯耀文的表演，一句话——简直是太逗了！

我跟侯耀文有一张在1979年第四届全国文代会上的合影，那年我二十九岁，他三十岁刚出头儿，他永远穿着一身铁路制服，足以表现他对自己这种身份的认可。也就是从那时开始，我们两个人就一直保持非常密切的联系，从没有间断过，经常一起讨论相声的表演与创作。

他这一辈子我觉得有三个忠诚：

第一，他忠诚于相声事业，毕生的精力都在为相声奋斗。你看在他麾下网罗了多少相声的后起之秀，这些新生力量来到了铁路文工团，成为一个最强大的相声阵营。走进了铁路文工团说唱团的团体之内，你会发现：有来自河北的笑星，有来自湖南的笑星，有来自东北的笑星，也有我们一些北京的年轻笑星。他们各自带着自己对于相声的热爱，走进了侯团长所领导的中国铁路文工团说唱团的队伍里，开始了一场又一场的下基层慰问的相声演出，奉献着欢笑，培养着新人。每一次中央电视台和全国的相声大赛中，看到铁路说唱团拿了众多的奖项，我和所有的业内人士都会说这样的话：侯耀文同志功不可没。

第二，他忠诚于他自己的本职工作。从我认识侯耀文那天起，他就在铁路文工团表演相声。在我跟他接触的长达三十多年的时间里，他演出和创作了大量反映铁路工人的优秀作品，包括京九铁路通车以后的《京九演义》，长达四十分钟的相声段子，他跟石富宽合作把铁路工人的精神面貌表现得淋漓尽致；在去年刚刚通车的青藏铁路的大型慰问演出活动中，每场庆功活动当中都少不了侯耀文和石富宽的影子。很多观众朋友，他们不知道侯耀文每年要为铁路工人、为铁路沿线服务的那些无名英雄演出上百场的节目,他和他的同事恪尽职守,完成了铁道部交给他们的光荣任务。侯耀文忠诚于铁路事业、铁路文化事业,忠诚于他的本职工作,这种敬业精神我认为很多人都不了解。

第三,他忠诚于广大观众。他经常跟我讲他的父亲侯宝林大师,他说他最忘不了的话就是他的父亲遗嘱当中说的"观众就是我们的衣食父母"这句,所以为老百姓服务、为观众服务就是他自己艺术追求当中所遵循的一个标准。耀文离去,万里铁路沿线的观众都会为他哭泣,举国的相声观众都会为他唱响悲歌!

我到中国曲艺家协会工作以后,他要为我庆祝,我说庆祝什么?他说,演员当领导,走哪儿都可以演出,可以全国跑着去撒满咱们曲艺的种子。2005年第五届中国曲艺节,一共七个会场,侯耀文他走了六个!是我们兼职曲协副主席当中走得最多的一位,而且我们还在一起合作表演了相声,没想到竟成为绝响和永远的历史。

在去内蒙古自治区"送欢笑到基层"的活动中,我们经历了内蒙古历史上最热的一天,广场上的气温高达四十摄氏度,侯耀文、石富宽两个人在演出场上兢兢业业,挥汗如雨,为内蒙古民族地区的煤矿工人、牧民进行慰问演出,他们都是年近花甲的人了,这么投入不容易呀!

这两天我的脑海中这些事情总在一幕又一幕地闪现,我非常痛心。

我唯一恨他的一点,就是他平时工作的节奏太快,他对自己太不重视,从而忽视了对自己身体健康的注意。我觉得他应该活到八十岁,起码应该超过他的父亲,但是没想到他走得这么早,所以我对着他的灵位说:"我唯一埋怨你的,就是你没有爱惜自己。"但是他把他全部的爱都献给了相声事业,献给了自己的本职工作与铁路文化事业,献给了广大相声观众。

侯耀文去世的影响,是无法用言语来形容的,是中国相声界、曲艺界的一大损失。我昨天看见他的弟子们在一起守灵堂的时候,我想:估计没有别的人能理解到侯耀文对相声界尤其是对铁路文工团的重要性!他的弟子们最知道他的分量,知道他的作用。侯耀文还有很多事情没有做完,他跟我讲过他要搞和谐社会相声专场,他跟我讲过他要搞系列的相声精品专场,他还跟我讲过他准备要带学生,不带徒弟了。要在小孩子当中,尤其是在全国各个地方来培养新人,要播撒相声的种子,让我们的相声不至于断代,祖宗留下的宝贵遗产要一代代地往下传。

　　想起这一切我哽咽无语。我呼吁我们全体的相声演员在未来的日子里共同努力,为我们相声的荣誉,大家应该团结在一起,把离去的相声界这些领军人物想要完成却还没有完成的事业传承下去。同时在这里我说句心里话,包括我对自己都要说一句话:"珍惜健康、爱惜自己。爱护自己的身体健康就是爱相声事业;珍惜自己就是珍惜老百姓对相声事业的一种希望和期待。"

2007 年

相声艺术的耕耘者杨志刚

《艺海无涯——杨志刚的艺术之路》序

　　铁路文工团的陈寒柏找我，请我为天津相声名家杨志刚先生的作品集作个序，我说："杨志刚先生出书，怎么绕到你那儿去了？"寒柏说："杨先生能耐太大了，我与他交往二十多年，受益匪浅，在相声小品的创作与表演上跟杨先生学了很多东西，去年还正式拜杨先生为义父，爷儿俩关系太好了，我帮他出这本书就想帮他把这么多年的心愿了了，更为后辈相声演员和作者多留下点东西，也算为相声事业做点贡献吧。"

　　父子俩对相声的这份热爱感动了我，我欣然应允。

　　杨志刚先生师从相声表演艺术家白全福学习相声表演艺术，后来又从事喜剧、曲艺编导工作，从艺以来创作出一大批富有时代气息、紧跟时代步伐、紧扣群众脉搏的优秀作品。从本书编入的近五百个作品，约五十余万字的数量即可看出，它融入了杨先生几十年的心血。

　　回想了一下，第一次与杨志刚先生见面还是 1979 年左右，当时中央电台在河南安阳搞了一台相声录音晚会，我与李文华老师录的是相声《诗歌与爱情》。其实在这之前我与杨先生神交已久，特别是他表演整理的相声作品《高人一头的人》和相声小段《一等于几》等都给人留下了深刻印象，可算相声中的精品佳作。杨志刚先生在 20 世纪 90 年代就出版过《红枫叶》（一套三册），其中系列相声《应该补拍的镜头》、相声《路子野》《酒后吐真言》以及小品《桃红柳绿》《抢镜头》等作品，在全国艺术活动中屡次获奖。翻开这部作品集,浓郁的天津地域发展历程,记录下了这个时期广大群众最为关注的生活现象和社会问题,传达了人们的强烈爱憎和深刻的思想情感。而这些作品的完成跟杨志刚先生长期在文化馆搞群众文化活动分不开,基层群众文化活动给他提供了鲜活的创作素材,而他多年组织和辅导天津市红桥区文化馆相声队、话剧团的演出,又给作品的舞台实践提供了便利条件。他担任文化馆馆长多年,积极培养起一支相声和话剧表演的队伍,文化馆曾荣获天津"八五"立功先进集体称号,被评为天津市文化系统先进单位。杨志刚先生也曾三次获得天津市劳动模范光荣称号。几十年来凭着对相声的热爱,对喜剧艺术的执着,杨先生始终坚守在群众文化工作的最基层,用手中的笔、用心血、用汗水、辛勤地创作耕耘着,默默地奉献着,这种精神值得所有青年相声演员和作者学习。

在这部作品集中,除了大量的杨先生的原创作品,还有一批是他对传统相声的整理,特别是对一些传统相声表演方法的归纳总结(有的细化到贯口儿的表演中,什么地方断句、什么地方换气等),简直是一本相声表演的教科书。从杨先生的艺术简历可以看出,多年来他在专业曲艺团做演员、当编导,又从事群众文化事业,曾陆续在中国北方曲艺学校、中国广播艺术团与北京电影学院联合主办的相声喜剧大本班任教。在教学实践中,他善于总结归纳,针对青年学生的特点因材施教,取得了丰富的教学经验,而应学生的要求,他把有关相声基本功的教材和表演体会收入书中,使得本书对青年相声演员和相声爱好者来说,也是一部相声表演基础入门的优秀教材。

杨志刚先生今年已是七十有七,在几十年的时间里,他从拜师学艺就与相声结下了不解之缘,可以说这大半辈子就与相声和喜剧艺术再没分开过,说相声、写相声、教相声就几乎概括了他的全部生活。有人说今天的社会浮躁,人们急功近利,可是我们看看杨先生的这五十多万字的书,看看他在相声教学上踏实前行所走过的路,我们还有什么可浮躁的呢?中国相声事业的发展正是因为有像杨志刚先生这样的耕耘者。他们把相声艺术从前辈手中接过来,又用全力把它向青年一代传承下去。他们身上体现出的是满满的正能量,这也正是当今曲艺工作者实现伟大的"中国梦"所需要的。

祝杨志刚先生健康长寿!

向老艺术家致敬!

2016 年 4 月 27 日

关于梁左

梁左他们家，谁都比他有名。他爸爸是全国政协委员，《人民日报》的老记者；他妈妈是大作家，一本《人到中年》让人荡气回肠；他弟弟是电影明星，大广告照片立在街上，脑袋比楼房的阳台还大；他爱人在基督教女青年会工作，属于新一代"统战对象"，也在市里、区里当个青联委员、政协委员什么的；他女儿小名"猫猫"，事业上还没有什么作为，因为太小——今年才五岁。提起梁左，大家常介绍他是"谌容的儿子""梁天的哥哥"，只有我女儿叫他"猫猫她爸"。

我和梁左的合作是从《虎口遐想》开始的。1986 年夏天，有一次我去看望谌容老师，碰上他也在。他谈起他刚脱稿的一篇小说，我立刻感到这是一篇绝妙的相声，几乎不用加工就可以直接搬上舞台。拿到小说原稿以后，我在由北京开往广州的火车上连夜把它改成了相声，下车后立即排练、上演——这就是《虎口遐想》。

梁左的出现对于我来说简直是一个机遇。在这以前我写过几十段相声，其中有不少受到观众的好评，但随之而来的繁重的社会活动，沉重的行政工作负担，加上合作多年的李文华老师又因病告别了舞台，观众对我的要求和期望也不断增高……想到要超越自己、迈上新的台阶，我总有些茫然。一个好汉三个帮，当年梅兰芳梅老板在前面唱《黛玉葬花》，后面就有齐如山齐二爷等一批合作者，只是中国的作家虽多，有谁可以帮助我创作相声呢——或不能也，或不为也。现在好了，梁左来了。他是一个很理想的合作者：他在北大学的是文学专业，有文学功底；他在北京语言大学当的是汉语讲师，有语言学知识；他在京郊农村插过队，在中央机关当过干部，有比较丰富的生活阅历；他在结识我之前已经发表过几十篇小说和其他作品，有比较扎实的创作基础；他结婚以后一直带着爱人和孩子住在北京的一座大杂院里，熟悉普通人的生活和语言；当然了，最重要的是他有幽默感。

我们的合作是成功的。几年来，《虎口遐想》《电梯奇遇》《特大新闻》《学唱歌》《着急》等一批作品已经得到了观众的认可，并引起专家和同行的注意。对此，梁左总结说："因为你懂相声，我不懂相声，所以我们能够走到一起。"的确，像《虎口遐想》中以"一青工游园不慎落入虎口丧生，有关部门提请游人注意安全"这样的书面语言和"您说攀登珠穆朗玛峰后边要跟个大老虎是不是是个人就上得去"这样的长句式来组成包袱，是不符合一般的相声创作规律的，但梁左就这么写了，我就这么演了，观众就这么笑了，这里面有值得研究的东西。我想，相声在继承传统的同时一定要大胆革新，不仅内容要革新，形式也要革新，如果一味拘泥旧的手法去创作相声，就难免语言贫气、包袱雷同、笑料单一，就难以出现大的幽默。梁左在相声创作中的"离经叛道"，正说明他早已敏锐地注意到了这一点。

梁左是一个好的合作者，却并不是一个坚定的合作者。这几年我屡屡动员他到广播说唱团来搞专业创作，但他却每每托词拒绝，我知道他还没有下决心一辈子搞相声。他这人表面随和，说话慢条斯理，遇事不慌不忙，但内心却充满激情，变幻莫测，难以把握。当年他在中央机关待得好好的，有一天读元曲"本是个懒散人，又无甚经济才，归去来"，于是心有所感，马上找领导要求调动，说是要换一种"耽几盏酒，教几卷书"

的闲适生活。早先他还写过纯情小说，收到不少带着女孩子泪水的读者来信，后来他又搞过《红楼梦》研究，因为发给他的中国红楼梦学会会员证编号"十三"，他认为太不吉利，所以洗手不干了。这几年他一会儿对数理逻辑发生兴趣，在创作相声《聚会》时硬塞进一段关于"悖论"的内容；一会儿又对动物学刻苦研究，啃完了厚厚的一本《中国鼠类大纲》，还发表了一篇叫什么《灭鼠记》的幽默小说，也动员我改编为相声；前年他又玩儿命学了一年西班牙语，说是为了读懂马尔克斯的《百年孤独》原著……每到这时，常常需要我努力把他拉回到相声创作的正路上来，我对他说："你那些都属于业余爱好，写相声才是正事。这几年大伙儿谁不知道你呀，都等着看你的作品呢！"他听得心里高兴："真的？大伙儿都等着呢？那我可得对得住大伙儿。"于是几天以后又有一个新段子送到我的手中。

现在，我和梁左合作的第一部相声集《虎口遐想——姜昆梁左相声集》即将出版，面对着我们的劳动成果，我想大声地对我的合作者说：

"咱们干它一辈子相声，怎么样？"

1992 年

"道友"全维润

|《百将图——全维润相声小品集》序|

　　我曾给全维润写了一幅字："道友"。据说他很喜欢,将之悬挂于书房最醒目的地方。所谓道友,即同道之友。此道跟白云观里的诸位毫无瓜葛。"道"乃相声之道,都是吃这碗饭的;"友"为朋友之友,过从虽不甚密,但也常有来往。"道友"要出书,"道长"(同道的兄长)自然应该写几句话。于是,我慨然应允。可提起笔来又不知写些什么,没办法,想到什么写什么吧。

　　说来我与全维润的交往还真有些渊源。1968 年,我初中毕业去了黑龙江"炼红心",1972 年,他从学校出来奔了辽南农村插队。后来,我在北大荒兵团屯垦,他入伍到了牡丹江,在一线连队戍边。再后来我在兵团战士演出队,他在省军区战士演出队。再后来,我调进北京中国广播艺术团说唱团,他进了沈阳军区前进杂技团曲艺队。再后来他又调进了北京武警总部文工团。都是半路出家说相声,进专业时,我二十六岁,全维润二十五岁,经历大致相同。他进沈阳军区文工团曲艺队时,我的启蒙老师范延东在他们曲艺队里管点儿事。当时与全维润同团同队的还有朱光斗老师和王刚、黄宏、阎月明等当时已经出名或后来出名的一些人。

　　全维润背着一个黄背包,戴一大皮帽子,穿一双大头鞋,迈着刘姥姥进大观园式的步伐,走进了这个具有浓厚艺术创作气息,且后来证明是名人辈出的集体。从这一点上说,全维润是很幸运的。

真正认识全维润,还是 1991 年,我策划组织的全国"禹王亭杯"电视相声征文大赛。当时他在沈阳军区文工团已摔打了十年时间,在辽沈地区也混得上街买菜能有人叫出他那很拗口的名字来了。全维润参赛的作品是《百将图》(又名《将帅图》)。相声行里人一看就明白了,这是一段根据传统相声《地理图》和《报菜名》演变而来的"贯口活儿"。形式是旧的,而内容却是极新极大胆的,他利用传统的手法,推陈出新,写出了一段热情歌颂毛泽东、周恩来、邓小平等老一辈无产阶级革命家和为新中国的建立出生入死、浴血奋战、立下赫赫战功的我军两百多位将帅的新编"贯口活儿"。运用相声的形式写重大革命历史题材,这在当时是很少见的。因此,作为评委会主任的我,在报上发表文章说,《将帅图》是用相声歌颂老一辈、反映重大题材的开先河之作。全维润的作品在一千零三十五篇来稿中,脱颖而出,名列榜首。组委会给了在当时来说是笔很大数字的奖金——3000 元,只是不一下子给齐,每月 250 元。后来他见着我,总说这数字别扭。当然,也不是没人对此奖没有异议,他们说,要这样写谁不会呀,我问他们那你们为什么不写,而让他第一个写了呢,就因为他是头一个,所以他得奖。有朋友告诉我全维润领奖时咧着嘴笑的镜头还上了中央电视台的《新闻联播》。

　　此后,他一发而不可收拾。在相声艺术的道路上,他起早贪黑,跟头把式地奋力前行。收在这本集子中的一百七十多个作品就是佐证。他五赴西藏,三上老山,走遵义,登井冈,下三峡,奔鞍钢,特别是白山黑水间的军营更是到处留下了他的足迹。他用自己不倦的追求和创造,为战士送去了笑声。他写过这样两句诗:"我们把欢乐带给战士,战士把安宁交给了祖国。"他这样说了,也这样做了。作为一名部队的文艺工作者,一名部队的相声演员他是无愧的。因此,他一次荣立二等功、十次荣立三等功,还受到了晋升一级工资的奖励。他多次获奖,如集子中的《送字歌》《结穷亲》《"一号"市长》《十五的月亮》《说七道八》《霓虹灯下两代兵》等等。

全维润的相声创作紧扣时代脉搏,贴近现实生活,行文流畅,语言颇具文采。选材角度好,立意高,很多"包袱"的设置也很有新意。相声创作无外乎歌颂、讽刺和文字游戏。这几大类节目,全维润在创作中都有涉猎,尤以歌颂体的相声见长。像歌颂老一辈革命家的《将帅图》,从八一南昌起义写起,讴歌我军七十年战斗历程的《说七道八》,反映部队官兵勇于奉献和爱情生活的《十五的月亮》,反映改革开放的《请到我们这里来》,歌颂党的好干部的《公仆赞》《结穷亲》《"一号"市长》,反映前线战斗生活的《战地春联》《前线之最》,歌颂军民关系的《送字歌》等等。讽刺题材的作品十分辛辣地抨击了社会上的种种不良现象,如《赞助艺术》《到底谁是爹》《逼子成龙》《烧鸡、扒鸡与书包》《如此评委》《我是"大腕儿"》《不一定》《怕》《洗桑拿》《名牌病》《选美变奏曲》《歪批流行歌》《真实的谎言》《看电影》等等。其他的如《书名对联》《文体兵》《大与小》《菜名漫谈》《咏雪》《各有所爱》等娱乐性的段子,写得也不错。相声中的"柳活儿"好使不好写,全维润在"柳活儿"的写作上亦有所建树,如《山水情深》《吹》《十五的月亮》《送字歌》等。"柳活儿"中见思想,歌唱赋新意,不唯唱而唱,这应该说是他创作中的一个特点吧。他的作品很多,篇幅所限,就不一一列举啦。

翻阅这一大摞即将付梓的相声、小品集书稿,作为同行,我为全维润的勤奋和敬业精神所叹服。平心而论,全维润要在强手如林的相声界占有一席之地,论其先天条件,诸如形象、个头儿、嗓音等,并不占据优势,但勤奋成就了他。他家中满满几柜子的书,占了整整一面墙。上街凡遇到有关幽默、喜剧、相声方面的书,不问价,掏钱一律买下。当今相声名家的磁带、光碟,他也收藏甚丰。相声界年轻的一拨儿演员中,自己能写本子的，全维润算是一个。爱读书的，他也得算一个。他多才多艺，时常还有些诗歌、散文、歌词见于报端。同时他也是一名出色的电视文艺节目撰稿人。他参与策划、撰稿的电视文艺晚会，从中央台到地方台已达几百台，中央电视台"心连心"艺术团的很多场演出，都是他参与策划和撰稿的。勤奋好学、博览群书，加上相声演员的表演才能，帮助他出色地完成了任务。

我称他为"道友"，又夸了这么半天，再说下去似有吹捧之嫌。谈及不足，我看是不是有以下几点：就相声创作而言，全维润在塑造人物形象，用语言刻画人物性格方面还显得薄弱，写法也有些单一。善"写意"，而缺"工笔"，"诗歌"的东西多，"小说"的东西少，因此这就直接影响了相声的力度，段子中也缺少"大雷子"，缺少鲜活的人物形象，这是一。二，创作的量多而质不高（不是全部），有不少都是应景文学。我建议少写点儿"应时当令"的活，那玩意儿"一茬儿烂"，用一遍就拉倒。应追求久演不衰的艺术品，要增强精品意识。三，要集中精力，防止过于分散。要集中精力打好歼灭战。在相声创作不景气的今天，要淡泊名利，耐得住寂寞，安下心来写一两个像样的东西，打一个比喻：收集素材，要像喷水枪的水箱一样，大量地往里吸水，经过酝酿消化，产生作品，要像喷水枪的喷孔一样，使足劲头儿喷出去，造成轰动效应。与其写几个一般的，不如集中笔墨写一个出类拔萃的。军事上讲，这叫"伤其十指，不如断其一指"。此话说给全维润，也敲打一下我自己。

说相声难，写相声更难，又说相声又写相声难上加难！唯其难，才显出敬业者精神的可贵。前一段报纸有篇文章说，相声的不景气源于相声演员的不谦虚。此话不无道理。我想我们相声界的很多演员（主要是年轻演员），要都能像全维润一样勤奋敬业，笔耕不辍，那么相声走出低谷的日子就不会太远了！

最近,全维润已由沈阳军区文工团调入北京武警总部文工团。作为一个演员,能有机会到北京来发展,这对全维润来说,无疑是一个人生的转折,也是他事业上再上层楼的一个契机。希望维润贤弟能珍惜这次机会,千万别学"李自成"。进京后,当发扬以往在沈阳,特别是在黑龙江当兵时的那种精神,"锲而不舍,金石可镂"。我期待着你的成功!

　　"响鼓不需重锤敲",拉拉杂杂写了这么多,意在表达"道长"的一点心情,也想把一些观点说给同道们听听。请大家指正。

1997 年 8 月 18 日于北京

贵在创新

|《杨鲁平曲艺作品集》代序|

如果你想知道军人是一种什么气质,请你认识一下杨鲁平。

他出身于军人世家,可能是家传,他身上总有一股军人的正直和端庄。

如果你想知道军旅曲艺家有怎样的风格来沁入他的军队生活作品中,请你读一下这本杨鲁平创作的曲艺作品集。

我认识鲁平是从他的作品开始的。那是 1981 年,在天津举行全国优秀曲艺节目调演,他是解放军代表队的成员,表演的相声是《政治课》,他获得了表演二等奖,给我留下了印象。

1990 年,他和韩兰成带着《咱爸爸》,参加了全国铜陵杯相声大赛,获得大赛所设的优秀表演奖。我没有参加这次大赛,但是同仁们争相告诉我,这个作品构思独到,以国民党、共产党两个军人的后代,通过捧逗争哏的形式,真实生动地再现了淮海战役波澜壮阔的战争场景,完成了相声表现重大军事题材的突破,受到评委肯定和观众的好评。这又一次引起我对鲁平的关注。

1992 年,他与陈峰宁又带着新作《军史迷》,参加全国首届侯宝林金像奖电视相声大赛,获得三等奖。他在这个作品中,借鉴传统相声《菜单子》的艺术手法,以贯口儿的形式报出了解放军军史上留有文字记载的大大小小的战役。这在技术上有创新,《菜单子》是一头沉的活,由逗哏展示贯口,而《军史迷》则是争眼活,由捧逗两人对口贯,情绪更昂扬热烈,气势更大。

这以后,他又推出《榜样》《五味情》《把心留住》等一系列现代军事题材的佳作,在全军曲艺比赛中连续获得一等奖,成为军队相声"获奖专业户",这些作品相继在中央、省市电视台录制播出。

鲁平作品的特点,概括起来就是一个字:新。无论是选题立意,还是语言表述,都有他的独到之处。

《出征梦》这个作品,采用意识流的手法,通过一个战士的梦话,充分展现了战场上的士兵丰富多彩的内心世界和不怕牺牲的英雄气概,是从人性的独特视角揭示战争的作品。而《榜样》,则是生活化地再现了两个战士对疾病的消极态度,巧妙歌颂了连长豁达的境界和高尚情操。这个作品的可贵之处在于前半段讽刺,后半段歌颂,这也是相声结构一种新的表现手法。《五味情》是一个群口活,以甜酸苦辣咸五味为角色,赞颂了海防部队官兵在艰苦环境中以岛为家,献身国防的感人事迹,生活细节抓得好,包袱也不错,堪称军队群口相声的精品之作。《把心留住》这个作品,以第一人称讲述了两个硕士研究生到连队当兵,连队生活锤炼了他们坚强的意志力和强健的体魄,他们则带给连队新的知识、新的观念,掀起了科技练兵新热潮,这个作品推出后,得到军内外同行们的一致好评,先后获得全军文艺会演一等奖和第三届中国曲艺牡丹奖表演奖。

我们知道,军事题材的相声创作,素来以歌颂为主,喜剧线难找,包袱难组合,而鲁平却埋头在这个领域里辛勤耕耘、坚持探索了这么多年,为军事题材曲艺的发展、推广和普及,做出了成绩,可以说是有功之臣。

作为一名军队文艺工作者,鲁平同志总是牢牢把握为军队服务的方向,在他任前线歌舞团曲艺队队长二十年期间,全国恐怕也很难找这么老的队长，曾经带领包括毛阿敏、孙青等著名歌手在内的演出小分队，驰骋千里海防线，为边防哨所带去欢笑，给广大指战员送去精神食粮，被《解放军报》头版头条誉为"面包车小分队"，还为军区部队培养出一批曲艺骨干。由于他长期深入生活，与官兵打成一片，所以，他的作品总是取材于火热的军营生活，总是跳动着战士闪光的语言，形成自己独特的风格，选题准，角度新，兵味浓，语言生动，热情奔放，积极向上，不旧不俗，具有较高的文化品位。

说句实在话，相声是北方的语言艺术，鲁平能在南方坚持下来，并适应了南方人的审美需求，非常不容易。难怪他的恩师常宝华说过这样一句话："鲁平在南方说相声，如此强烈地保持特点，难为他了。"

这么多年来，从他的作品中可以看出，鲁平勤于思考，勇于探索，敢于创新，自己对自己有标准、有要求。当发现传统的快板再也不能满足现代观众审美需求的时候，他又大胆进行尝试，第一次把摇滚节奏引入传统快板，让音乐舞蹈与说唱融为一体，独创性地推出摇滚快板表演艺术形式。1993年他和陈亦兵创作出《市场行》。这个作品通过逛市场，看老百姓生活水平的提高和生活环境的巨变，折射出党的改革开放政策深入人心。接着他又连续推出《九六演习风云录》《回归颂》《抗洪赞歌》《这方热土这方人》《祖国好，江苏美》等一系列音舞快板、音舞说唱等新作，都引起热烈反响。这种形式由于包容量大、节奏快、气氛火、群众易于参与，很快在全国普及开来。

听说当年在评审杨鲁平一级职称时，时任高评委的黄宏曾给鲁平这样一句评语："杨鲁平是不靠中央电视台混脸熟而是靠实力说话的演员。"这句评语非常准确地道出了鲁平的个性和特点。他之所以能在南方这块沃土上辛勤耕耘着北方曲艺之花并开花结果，靠的就是这种埋头笔耕用作品说话的敬业精神。

2001 年,江苏第五届曲代会上,鲁平被选为江苏省曲艺家协会副主席,他作风踏实、态度认真、工作热情高,为协会做了很多事务性的工作。我每次赴江苏公办,总能和他碰面,接触也渐渐多起来。言谈中,我能感觉到他在艺术上挺清醒,尚不满足,这就很难得。在这儿,我想说的是,这本集子只是固定昨天思维的文字模式,在这个成熟的年龄段,鲁平更应该快马加鞭。

鲁平,继续朝前走吧,我们都支持你。

2006 年 5 月 30 日于北京

我看孙晨

|《孙晨相声文集》序|

这个序让我来写实在是不合适，因为孙晨是我的学生，我要说他好，怕人说我是老王卖瓜自卖自夸，我要不说他好——可我也没少说他写的东西。

唉，既然答应写了，我也就实话实说吧。

孙晨天生好像就不是一个说相声的人，他长得不好玩儿，全身上下没有让人记得住的地方，随便把他放在超市里很快他就会消失在人群里了，不经意地找，你绝对看不见他，因为他太大众化了。

说孙晨不像是一个说相声的人，还有一个原因，他不善言谈。跟他谈相声的时候，大多数他是听着，很少与人争论。你不问他，绝对不了解他听见你说什么没有。当然就是知道他听见了你的意见，回去之后他也不一定完全按照你说的来做来写，他绝对有他的主意。（所以我在给他作品出主意提意见时，绝对不在乎他听见没听见，我看完他写的东西以后再说。）由此可见，孙晨是一个犟人，时髦地形容他一下，叫执着，俗着说是："他可有老猪腰子！"

孙晨天生也不是写相声的人，因为他不是出生在相声世家，对传统相声知之不多。他是从东北的一个小城市的小工厂里走出来的，学过钳工，三年满徒后当过团总书记。在相声最红火的年代，他迷上了相声。

听说他上学那天正赶上了"文化大革命"开始；他毕业那天，又正赶上那四个胡闹的人下台。孙晨他们那代人陪那四个人正好十年。所以先天不足的孙晨一直在补课，不当学生的时候他开始了学习，参加过新闻函授，自修大学课程，一直到最后拿了毕业证书。

认识孙晨是在1991年湖南益阳的相声大赛上，我做大赛的评委主任，孙晨代表辽宁代表队参赛。他表演的作品叫《非刮不可》。表演不俗，把一个被形式主义搞得哭笑不得的老头儿演绎得惟妙惟肖、妙趣横生。一个北方人放下锉刀，第一次跑到南方的舞台上就能让现场的观众笑声不断，实属不易。那次他拿走了大赛最大最重的奖杯，一个金光灿灿的最大个儿的台灯，因为大赛的名字叫"益灯杯"，他获得了一等奖。

第二年，我搞"禹王亭杯"相声作品大赛，他从东北跑来，二话没说，只是一段相声又拿走了一等奖。

转年我搞"建设杯"相声作品大赛，他又从东北跑来了，还是不客气随手拿走了一个二等奖。

如果他是抽冷子冒一下就回去了，那算冲动。可这一而再再而三地没完没了地拿奖，不由得让人另眼相看。我们看到了他的执着，看到了他的追求，也看到了他的实力。

于是，在1994年的正月初五，我把孙晨叫到了北京，在甘家口兵器部的招待所租了一间房，我和他，还有几位专业作者一起写《明春曲》。他一个人在那儿住了三个月，守着四本传统相声没有走开一步，我没有夸他，但心里想："行，小子，有点儿耐力！"

孙晨的作品不全是精品，但还是可看的。

他的相声《老同学》里，没有严格意义上的那种传统结构的包袱，却能让人笑得出来，让人从中看见了自己或是身边人成长的影子。

他的相声《怪圈》一看就鲜活，这是他最早从生活里提炼出来的一个作品。其实人人都有这样的烦恼,用这种方式说生活,说大就大,说小可以小。我和梁左一齐动手帮忙,可作品改出来了没地儿说,怎么说都让人家膈应。你把这个圈儿说大了,有人说我们的生活不全是这样吧?你把这个圈儿说小了,有人说小圈儿都这样,大圈儿还好得了吗?于是乎,费心思最多的东西,最终还是没能有面世的机会。因为这个原因,所以好多好的相声都没有机会跟观众见面。

其实孙晨这些年也没少折腾我。

2000年,他受命于春节晚会,他把写的相声《回眸望九》拿到我面前,我骂了他。这相声明摆着是在折腾人呀。正常的相声是一个人跟另一个人说,他这段相声不光跟人说,还要跟大屏幕说,跟着电脑找节奏。在短短的十分钟里,这个作品浓缩了中国一百年的历史,里面用了相声演员、舞蹈演员、时装模特,用了大屏幕,用了特技,用了老电影,用了很多的道具。说一句话,得让人跑半天,平时说相声累嘴,这个相声说起来累腿。可是仔细阅读剧本之后,我又觉得有点意思,有点新意,原来相声也可以这样说呀!于是,我自费买来道具,跑到八仙郊区的别墅区里,召集相声演员封闭排练。费了九牛二虎的力气排完了,我满意了,结果导演又不让上春节晚会了。到了元宵节晚会我们没想上,导演又来请我们上了,这样折腾了许久,这个相声终于播出了。我看后觉得这还是一个很不错的相声。不过这个相声真的是把我折腾得够呛!

虽然折腾,但是我知道孙晨没有背离相声,弄得那么热闹,还能环环相扣,还没有走形儿,这就得让人研究研究孙晨了。

这些年,孙晨的很多相声都是通过大型晚会呈现给观众的,他在能让导演满意的前提下,让相声尽量发扬相声的长处,还能让观众满意,孙晨费的心思不是一般人能想象得到的。

通过电视这个窗口,中国的观众一点儿一点儿认识了孙晨;通过他的一个又一个作品,同行认可了孙晨。我想,看这本集子的一段段相声的读者,脑海里一定会呈现着一幅又一幅孙晨在舞台上制造欢笑的画面。

孙晨天生不是相声这行的人,但相声这行需要像孙晨这样的人。

2004 年 11 月 11 日

师父的话

|《徐惠民相声集》序|

曾经看过写新加坡的相声历史的文章。比较骄傲的是,我认为中国相声与新加坡相声真正接触的时间,应该是我与唐杰忠老师陪吴祖光与新凤霞先生首次访问新加坡的 1985 年那年为开始。

那一年,通过与两位前辈一起当新加坡相声大赛的评委,我结识了郭宝崑、曾鹏翔、刘仁心(老顽童)、郑民威(戏剧界《雷雨》中演老爷的)诸位热心于新加坡文艺事业并支持在这里开创相声事业的前辈。那时候我的感想是,这里是一块艺术宝地,在为华人打造文化艺术的欣赏氛围,在为后人培养传承祖宗文化的人才。

那一年,我相识了韩劳达(韩永元)、杨世彬等新加坡相声界的诸位同仁。

那一年,我们拜访了潘受、唐裕等众多大家名流,而且也与客居新加坡的中国电影前辈项堃先生有了历史性的一次会面,不久他就仙逝了。

那一年,我还认识了新加坡写相声的诸多作者和说相声的诸多新秀,其中就有后来成为我的弟子的,当时著名的电台主播徐惠民。

那时候,听说徐惠民身为主办机构职员不便参赛,只好让其他演员使用他写的段子《添丁》。此段子结构完整,赛前已被评定为一等奖作品,可惜演员临时换稿,遂失去得奖机会。也许那次大赛影响了他崭露头角。

后来我又看过他出的几本小册子。

在我去新加坡首次访问以后,我的恩师马季也去了新加坡。

师父就是师父,我到了那里就知道跟广播电台热乎,而马季老师则抓住了机会与电视台合作,还一口气拍摄了几十段相声,那是当时最现代化的传媒平台呀!于是中国相声声名大振,在那里形成了欣赏创作、演出相声的高潮,而且影响颇深,因为从徐惠民的作品中,我看出了马季老师的创作手法对他构思相声的影响,我想,这也可能是对新一代新加坡相声艺人的影响。

今天,这本集子记录了徐惠民近四十年的创作,他从十六岁开始便在相声创作的长河中游弋,在广播、电视、舞台各个领域都有所涉足,为新加坡的相声事业做出了一定的贡献。

读他的作品,不了解新加坡的人,可以从中领略那里的人文风情、生活乐趣、文化氛围。那是在大陆、在台湾的相声里都没有的一种散发着东南亚风味气息的相声。

当然,你也能看到徐惠民创作的成长历程与他对自己所钟爱的相声事业所奉献出来的艰辛和忠诚。师父夸徒弟,总有老王卖瓜自卖自夸之嫌,但是有一句话我还是要说——

"当我们的后代多年以后,还能与新加坡进行文化对话与交流的时候,将会怎样的感谢二十世纪前后,在新加坡有一批为华语文化耕耘的人们,除了让后人享受快乐,还传承文化,这一批人中,有一位就是这本书的作者,徐惠民。"

2012 年

我看"曲"与"相声"

|《说相声》序|

叶怡均读了硕士,而且写的是关于相声的论文。这也顺理成章,谁让她是说相声的出身呢!认识她是在二十年前,她还是个小丫头。按说,她在台湾也有了一些知名度,可以在电视、广播甚至影视上得以发展,毕竟是典型的商业社会嘛,吃年轻饭,讲究点经济效益,再说叶怡均也有这方面的条件和潜质。但是她选择了曲艺艺术的研究和传承——一个比较苦、累,还有些费力不讨好的活儿。无论在北京还是在新加坡,或是在香港、台湾,我多次和她交谈,最终得出的结论是——她要搞文化。毋庸讳言,台湾的文化味儿比商业味儿淡了许多。在台湾搞这类研究,要耐得住几分寂寞,还要多一些坚韧和执着!

我们一起仔仔细细地品中国古典文学中的幽默——中国式的大幽默。所谓中国式的大幽默,并不是叫人像听相声那样捧腹大笑。这种幽默,需要慢慢去品。《诗经·狡童》中那女孩和那个小滑头之间,《诗经·将仲子》中那姑娘和她的"小二哥"之间,物件搞得不算顺利,但是,他们没有悲观失望,反而都有那么点儿谈笑自如的样子。《诗经·溱洧》中,女的约男的出去玩儿:"去看看吧!"男的说:"我去过啦!"如果是现代的姑娘早恼了:"你去过了,就不许再陪我去一趟啦?"男的稍微怠慢一点,冲着现代姑娘们的厉害劲儿,备不住就发火了。可人家那时候姑娘们一笑而过:"再去看看吧,那边儿可好玩啦!"读到这儿,真让人有点儿"余生也晚"的感觉。

中国古典文学中的现实主义作品里的幽默占的比重大。因为针砭时弊,实在是讽刺幽默的拿手好戏。杜甫的《茅屋为秋风所破歌》是幽默的典型。有人说他抠门儿,南村的一群小孩儿拿他点儿茅草,他就骂人"盗贼",可见老地主的本性不改。这种说法实在不足取,因为太不懂幽默了。宋词中这样的例子也很多,说经量土地:"山东河北久抛荒,好去经量,胡不经量!"这句写得多妙!你们到处量田地收租,侵略者占了那么多土地,你们怎么不去量呀!听听,话说得多损,但透着分量,这就是幽默的力量!我曾经告诉怡均,1998 年,我在北京演《争奥运》的相声当中,有这样一句话:"这外国人也是,请你们到北京来参加奥运会比赛,你们还投票,还不来? 八国联军没人请,你们怎么都来了? "就是得益于此。

古典文学发展到元代散曲,就有点近于相声了。《哨遍·高祖还乡》以一个农民的口吻去描述衣锦还乡的汉高祖,居然认出高祖就是"本地无赖刘三",让人读后拍案叫绝,把市民心理刻画得淋漓尽致。汉高祖还乡,那是皇帝的龙撵荣归故里,被写成"驾辕的本是马,拉套的不了骡";该钱欠账的"刘三"编了个新名"汉高祖",回家怕人追债!老百姓的谐趣跃然曲中,多精彩,多逗乐! 这一篇,简直就是一篇单口相声。你听那结尾(相声里叫"底"):"白什么,改了姓,更了名,唤作汉高祖!"加上一句:"你还叫你的刘三不完了嘛! "——标准相声! 类似这样既富于喜剧色彩,又着力刻画人物性格的作品,还有《耍孩儿·借马》《耍孩儿·庄家不识构阑》等,这些都不乏现实主义文学的幽默感。到了《红楼梦》,可就有了"像生儿"。刘姥姥进大观园绝对是传统相声《怯进城》《怯拉车》《怯洗澡》的最原始素材。连读带想,能把人笑得迤里歪斜。

结论是:中国人,一定要知道中国的曲艺;想快乐,一定要听中国的相声。中国的民族文化养育了中国的民族艺术! 可文学就是文学,相声就是相声。虽然互相影响,但是谁也代替不了谁。从这个意义来说,虽然是"金自矿生,玉从石出,非幻无以求真,道得酒中,仙遇花里,虽雅不能脱俗",但是,相声也应该称得上是一门专业性的地地道道的学问。于是,怡均专门写了关于相声的论文,把她多年对相声的研究,归到文化大类,而不仅仅是地摊杂耍儿的范畴。

我在中国艺术研究生院担任导师,也带了一位硕士生——蒋慧明,碰巧也是位女性学者。我的文案前有两本关于相声的论文,每一篇都十数万字!我有些感动,心里在为相声的老祖宗高兴。我想起十年前,我在编辑《中国传统相声大全》时,在序中曾经写下这样的话:"从古至今,十来代相声艺人,把相声从'地摊'搬上了大雅之堂,相声成了举国上下最受欢迎、最有群众基础的曲艺形式之一。相声一脉,可算得'幽默'香烟有托,'祖宗'血食不绝了。"今日为有"巾帼学者"义士的加入而欣慰。

2005 年

企盼相声绽新花

|《姜昆表演相声精品集》编后记|

相声艺术走的年头不短了，靠的是口传心授的传承和相声舞台的实践。给中国人制造欢笑，创造欢乐的生活氛围，寻找一个又一个令人回味无穷的幽趣话题，活跃生活，点化人生，时不常地捉弄蹩脚，讽刺丑陋，针砭时弊，是一代又一代的相声艺人的拿手好戏。

戏靠的是演，相声靠的是说，所谓构思奇特，妙笔生花，谈吐独到，令人拍案叫绝，都得从相声演员嘴里把它生动地表演出来。于是，相声演员表演的舞台脚本不仅是作品的记录，更重要的是展现相声演员舞台创作的技能。这样，就有了一本又一本的相声艺人演出文本，所谓"精品"的集子。

相声演员的创作走了这样一条道路：从照本宣科到化为己有；从模仿描红到独树一帜；从传声筒到活灵活现。他们用语言把刻板的文字化为鲜明的艺术形象。

清人小品里有这样一句话："金自矿生，玉从石出，非幻无以求真。道得酒中，仙遇花里，虽雅不能离俗。"相声演员的创作，一代又一代都从俗到雅、从雅又还俗的反复中寻找和捕捉演员和观众共同的欢愉。但是，脚踏实地，根在土中，是所有有造诣的相声演员共同遵守的守则。相声大师侯宝林离开我们之前，还在一遍又一遍地告诉我们观众是我们的"衣食父母"，这是他毕生舞台经历的深切体验。

我是晚辈，当我听说文化艺术出版社要出我的"表演相声精品集"的时候，我看着大师张寿臣、马三立、刘宝瑞、侯宝林的著作，我惴惴不安，不敢忝列其中。

俗话说"丑媳妇不敢见公婆"，这其实是早晚的事。

一百多年的历史，相声艺术传承到今天，不容易。几代人的努力，一杆大旗，像接力棒一样，在一代又一代相声艺人的手中传到了今天，这是使命，也是艺人的一种责任。虽然我也有《如此照相》《虎口遐想》《诗歌与爱情》《特大新闻》这样鼓噪一时的作品，但是我也欣慰地看到编者把我的《迎春花开》《红色园丁》等像小学生一样的作品编列其中。就当是对年轻的一种记忆吧。步子歪歪扭扭，但是方向是向前方的。我愿意做车辙，做后来相声新秀的"之鉴"。

我多么希望在 21 世纪的相声舞台上看到鲜嫩的花朵在艺苑中开放呀！

权当是一种企盼，更希望是鲜活的现实！

2004 年 2 月 15 日于北京

艺海拾贝

中华艺术宝库中的明珠

| 《中国传统相声大全》(全五卷)序 |

中国的文化,是世界上历史最悠久的文化之一。

中国人在始有文化之前,肯定先有了幽默和玩笑,不然的话,不会在中国古代的第一部诗歌总集——《诗经》里就写下了"硕鼠硕鼠,无食我黍,三岁贯女(惯汝),莫我肯顾……"您听听:"大耗子呀,大耗子!别再吃我的粮食啦,我都惯着您三年多了……"那会儿没发明耗子药,有事只好和耗子商量。

实际上,我们中国的老祖宗往往是用幽默和玩笑来对付人生的。

动物中最有灵性的是猴儿,人自打猴那儿变过来以后,世界就热闹起来,热闹来,热闹去,无非是人比猴多了高级意识,但是随之而来的是,产生了善恶、好坏。

在人类行为中,尤其精彩且光怪陆离的,是善中有恶,恶中有善,好人会干点儿坏事,坏人也会干点儿好事。道家的鼻祖老子有语曰:"玄之又玄,众妙之门。"大概也在说,"稀里糊涂,弄不明白"。幽默和笑话却要在这"玄之又玄"的世界中,显一显"一针见血"的本领,甭管道貌岸然者穿什么华丽的服装,说着笑着让他一层一层地往下脱,而且让大家看。古代人赞老爷"见机行事",用谐音双关老爷"见鸡行事"的"德行",令人拍案叫绝!当然,除了针砭时弊、鞭挞丑恶,还要嘲讽落后,批评朋友,绝不能认敌为友。老祖宗留给咱们的这玩意儿,绝了。幽默是人类的智慧,幽默是人生的艺术。

　　当幽默、玩笑融进了文学艺术中的时候,艺术也热闹了。戏曲里有了丑角,绘画中出现了漫画,影视剧中一个重要类型是喜剧。在古代文学艺术发展的漫长道路上,我们竟多多少少地看到了"相声"的影子。史书上说:"东方朔好谐谑而不为虐。"您看这位祖宗,不但逗笑儿,还注意到格调问题呢!元代散曲《哨遍·高祖还乡》也可算得上是段"单口相声",您听那结尾:"别的我都不恼你(刘邦),你该我钱不还就算了,你刘三儿别为了躲债改个名叫'汉高祖'!"难怪侯宝林先生见了出土秦俑中的两个举手投足的小人塑像就一口咬定说:"这是我们说相声的!"

　　到了宋朝,城市经济发达,市民队伍壮大,市民艺术极其繁荣:说书的、唱曲的、演戏的、耍杂耍的,可以说,说学逗唱样样俱全。

　　但是,相声在如此热闹的场面中真正打出自己的旗号,独立地列于艺术之林,应该说是清末民初的事。

　　我们许多专门从事相声艺术研究的专家,愿意把这个行当的历史追溯到很远很远,拳拳报艺之心,可敬可佩!但是我以为,可能只有把深知我们民族幽默传统的古老和正视我们相声艺术的年轻结合起来,才能更深刻地认识到相声艺术正值日上中天之势及蓬勃旺盛的生命力呢!

　　相声的短短的历史,在我们中国古老的民族艺术史上并不是微不足道的。虽然无经典、无记载,能见到的不过是《红楼梦》浩瀚长卷中偶尔出现的"像生"二字,但在中国为这个事业奋斗的,可整整十几代人了,这十几代人干得还是相当有起色呢!

　　靠着我们自己寻找到的文字记载,最早的相声名家应该算是惊世骇俗的"穷不怕",此公骨气硬,皇上死了,他老人家照样说相声。到后来有位"万人迷",听这名字足以见当时受欢迎的程度。再往后,十几代人把相声从"地摊儿"推上了大雅之堂,相声成了举国上下最受欢迎、最有群众基础的曲艺形式之一。相声一脉，可算得"幽默"香烟有托，"祖宗"血食不绝了。

在中华人民共和国成立以前，使我们相声同人们辈辈干得如此带劲的，应该说是有一代代人不断实践不断创作的传统相声段子在起作用。这些文艺作品在无数艺人口中千锤百炼，愈演愈精，它们顺潮流而生，随时代而变，把对人生的理解融会于嬉笑怒骂之中，这里有对社会的批判，也有对理想的向往，是相声艺人创造了它们，也是它们培养造就了一代代的相声艺人。当然，由于社会环境使然和艺术形式的局限，传统相声不可能皆是精品，甚至还带着或多或少的旧的社会意识的烙痕，但是这些段子大部分还是表现了鲜明的市民情趣，当你仔细地咀嚼这些传统相声段子，你会感到它仍不失为我们中华民族艺术和民族文化的宝贵遗产。

中华人民共和国成立以来，老前辈们有心，他们把一代代口传心授的相声段子，挖掘、整理、记录下来，让后代认识传统，让新人继承创新。尽管个人的力量有限，但是大家毕竟都看到这样一个实例：如果没有侯宝林先生从张杰尧老先生口中抢救，那么《关公战秦琼》这段家喻户晓、脍炙人口的传统相声艺术精品，恐怕早已随前贤逝去，这种损失将是无法挽回的。

我想，大概正是基于这一点，中华说唱艺术研究中心和《中国传统相声大全》的编辑同志们，肩负着中国相声界的期望，继承相声前辈的奋斗精神，他们走街串巷，访师问贤，在全国范围内，将留在老艺人心中的零金碎玉集珠成串；他们又集中了以往从无数前辈口中探来的宝藏，终于辑成了今天这部可以称得上"大全"的传统相声集。他们流下了汗水，付出了艰辛，为我们民族艺术和民族文学宝库中增添了一颗闪亮的明珠。

"大全"出版了，编辑同志嘱我作序。

余生也晚，面对这些传统相声，犹如面对相声艺术家的在天之灵，他们的聪明才智，他们的苦辣辛酸，他们对艺术的不断追寻，他们对生活的上下求索，似乎都在其中了。是以沐浴焚香，三拜九叩，恭敬虔诚地排列组合以上汉字，不敢言序，谨遵弟子辈之礼耳。

2017 年 8 月

中国曲艺史论研究的新里程

| 《中国曲艺通史》《中国曲艺概论》代序 |

    21 世纪的元年,我来到中国艺术研究院,出任曲艺研究所的所长。当时的院址是北京什刹海西侧的恭王府。这座前清的王府从格局上看依稀还能领略昔日的威严,然而当你走近的时候,你会看到每一处砖瓦都透着沧桑的印迹,有历史的创伤,也有现实的无奈。庭院破旧,花木凋零。我坐在只能容下一桌三椅的所长办公室里,极不情愿地暗自联想:这里不也是传统曲艺的一个缩影吗?

    遥想前朝,传统曲艺曾有过辉煌:

    ——据清人笔记所载,乾隆皇帝就是一位曲艺爱好者。每年坤宁宫祭灶,要在正炕上设鼓板。乾隆来了,在炕上落座,便亲自击鼓板,唱《访贤》一曲。他下江南时,特召吴地说书名家王周士到御前弹唱《白蛇传》,赏赐七品冠带,并携王周士回京师。由此评弹大盛。

    ——据《中国曲艺志·北京卷》记述,清光绪十一年(1885),慈禧太后召十不闲莲花落艺人赵星垣(髽髻赵)带会社入宫演唱,太后闻歌大喜,赏赐无数,后又命赵星垣做升平署教习,教御前太监唱莲花落,人称他为"赵老供奉"。

    可见,生于民间的曲艺虽然不是"宫廷艺术",但它早已从地摊、茶社,透过厚厚的宫墙,堂而皇之地步入紫禁城内。

    当然,广大劳动人民才是创造与鉴赏传统曲艺的主体。曲艺的辉煌主要是显示在"为人民大众所欢迎"这个突出的特点上。

不须赘述曲艺如何在民间诞生、繁衍和发展，单是 20 世纪中期，我在山东胡集书会和河南马街书会的所见所闻，就足可见证曲艺是如何在农民兄弟姐妹心中扎根发芽、开花结果的。舞台就是广袤的原野，一块看不见边的黄土地上，云集了几百摊来自四面八方的民间曲艺艺人。观众就是方圆百里以内的"以牛为伴，耕作为生"的面朝黄土背朝天的普通老百姓，一来就是十数万人！河南坠子、三弦书、河南大鼓书、大调曲子、山东琴书、湖北渔鼓、西河大鼓、道情等，一应俱全。但闻琴声此起彼伏，喝彩接连不断，伴着艺人的说唱、表演，声腔余韵在蓝天白云之间回荡。面对人海般的书会，你感到的是天籁之音与中国老百姓的心灵在对话。

若再问问中国的所有的表演艺术家，没有一个人可以否认民族传统曲艺的创作表演与中国文学、戏曲、音乐、舞蹈、杂技等艺术门类的血脉关系，曲艺的说唱元素体现在一切表演艺术，特别是喜剧性表演艺术之中。

可是，在祖国飞速发展、信息社会到来的十数年间，我国的曲艺事业被人开始用"落入低谷"四个字来形容。即使是在粉碎"四人帮"以后曾经如日中天的相声，也无数次地被媒体责问拷打。人们在问："相声怎么了？""曲艺景气待何时？"胡集书会中断了多年，拥有六百多年历史的马街书会虽然年年坚持举办，也已显露危象了。

曲艺真的不行了吗？扪心自问，心里翻江倒海；伏案沉思，脑袋隐隐作痛。

翻开我作为名誉主编，刘洪滨、赵连甲主编的《中国传统山东快书大全》这部书，重温著名美学大师王朝闻先生为本书写的题为《庄重的开心》的序言，里面有这样一段话：

这样有趣的读物,再一次引起我的思考:如果要把握供大众欣赏的曲艺的美学特征,其解决方案可能存在于曲艺段子和表演里,包括我所关心和思考的这种艺术形式的特殊性,或其特别显著的标志与征象,也就是这种艺术区别于其他艺术形式的特殊之处,既然存在于艺术作品和它与听众的联系之中,我看,与其生拉活扯地从彼时彼地的论著中套取定义,不如反复探索某些自己已经感兴趣的作品,从中发现它的艺术规律。这种手工业方式的寻找方式,其所得,也许还谈不上艺术哲学。但这样的对象与方式,不会像这部集子中的小段之一《吹大话》里的角色有那么可笑的自信与自负:"被公鸡吃掉的蝈蝈或蛐蛐,那么借着酒劲儿这俩就吹起来啦。"

无论哪种艺术形式,它之所以能够独立存在,能在百花园中成为一名有独立性的成员,不被其他艺术形式所取代,正因为它有自己的特长和特殊点。例如为大众所喜爱的各种曲艺艺术形式,像山东快书、相声和二人转等等,若干年来它们各自都有着其较长的发展历史,它们为什么能够长期受到欢迎与喜爱?为什么即使在电影、电视、音乐、舞蹈、戏剧或喜剧小品特别发展的今天,仍能不为其他艺术样式所取代?就因为它们自身有着独特性和独立性和生存的竞争力。

当初,编辑同志送来王老这篇序言的时候,欣喜之情溢于言表:"王老太了解曲艺了,王老太理解山东快书了!"

是呀,我们从王老的序言中没有看到他作为美学大师的洋洋学理之言,也不像惯于卖弄词藻的所谓"理论家"那样排列出晦涩难懂的现代名词"讲述"中国老祖宗的民族艺术。他是从传统曲艺的作品中,感觉到中华民族民间说唱那种浓浓的艺术品位,感觉到曲艺作家、艺术家表现生活的精巧语言功力。他从口语说唱的字里行间体会所表达的丰富情感:细微处,字字情,声声泪;诙谐时,句句乐,笑断肠;讥讽时,如针芒,砭时弊;粗犷时,惊天地,泣鬼神!他由此而引申,使我们尽情领略曲艺这门艺术的厚重和分量。

搞曲艺的人,都对曲艺有感情。搞艺术的人都清楚曲艺在中国文艺门类中的地位。

前不久,在《曲艺》杂志改版的首期,我写下了如下的卷首语:

中国人,一定要知道中国的曲艺;

想快乐,一定要听中国的相声。

我们的老祖宗一边干活,一边创造说唱艺术。"坎坎伐檀兮,置之河之干兮,河水清且涟猗。不稼不穑,胡取禾三百廛兮?不狩不猎,胡瞻尔庭有县貆兮?彼君子兮,不素餐兮!"(选自《诗经·伐檀》)檀、干、廛、狭、餐,合辙押韵,压的是"言前"辙,后人管它叫诗,谁知道,当时也许人家自己叫快板呢!

后来唐宋诗词大兴,合辙押韵归了雅文化,讲究起"平仄抑扬",估计脱离了老百姓这支"主力部队",进城"玩儿票"去了。

元代散曲保持中华民族文化的民俗性,循着说唱这条线,不依不饶地用老百姓的"俗语",描述着"国家大事"。

《哨遍·高祖还乡》,那是皇帝的龙辇荣归故里,被说成"辕条上都是马,套顶上不见驴""白甚么改了姓,更了名,唤作汉高祖"!该钱欠账的"刘三"编了个新名"汉高祖",回家怕人追债!不可一世、目中无人的汉高祖原来竟是过去在乡里敲诈勒索、胡作非为的刘三。这样就剥落了笼罩在高祖身上华丽高贵的衮衣,还原其流氓无赖的本相。对至高无上的皇权进行了如此大胆的否定和辛辣的讽刺,老百姓的谐趣,跃然曲中,多精彩,多逗乐,多解气!到了《红楼梦》,可就有了"像生儿",可能说的是双簧,但是离相声不远了。刘姥姥进大观园,绝对是传统相声《怯进城》《怯拉车》《怯洗澡》的最原始素材。连读带想,能把人笑得迤里歪斜。

还得说曲艺、相声,是老百姓的曲艺、相声!在老百姓的生活中,在老百姓的眼跟前。

你往八仙桌旁边放两个沙发,多好的沙发也寒碜!

民族的"玩意儿",讲的是一个"趣儿",一定得逗乐儿;听的是一个"味儿",一定得地道,精彩。

于是,顺着老祖宗的人脉,供着"民族艺术"的烟火,我们开始练起了"玩意儿":快板、相声、单弦、二人转……祖宗香火不断,中国人笑声不绝!

从哪儿来?

从曲艺里,从相声中……

我想表白的是,别看不起我们曲艺,别看不起老百姓的"玩意儿"!中国曲艺里有大文化。

在写完这个卷首语之后,我的脑海里呈现的是《中国曲艺通史》《中国曲艺概论》这支写作队伍。这支队伍里只有两位比较年轻,一位是天津市社会科学院文学研究所研究员,四十三岁的女博士鲍震培;一位是已过天命之年又被我请出山的原中国曲协曲艺理论工作者,现大众文艺出版社的编审卢昌五。另外八位同志,平均年龄近七十岁。一位在天水,中国敦煌研究院兼职研究员张鸿勋教授;一位在扬州,中国扬州大学中国文化研究所特聘的车锡伦研究员;一位在沈阳,春风文艺出版社长期从事曲艺编辑工作的耿瑛编审；还有《中国曲艺音乐集成》常务副主编、中国音乐家协会的冯光钰教授，北京师范大学文学研究中心的于天池教授，中国艺术研究院曲研所的蔡源莉研究员。两位主编一位是在中国北方曲艺学校从事教学研究工作多年，中国曲艺史最早问笔者之一的倪锺之研究员；一位是中国曲艺家协会的资深理论工作者戴宏森编审。他们都以古稀之年，奋战在曲艺理论的战线上，总结实践经验，学习新鲜事物。

这支队伍奋战三年，虽然也有在日本"一个亚洲俱乐部"提供的研习所内，一起讨论命题、协商观点、修改稿件的经历，但大多数的时间，他们都是在自己家中，以"斯是陋室，惟吾德馨"的精神，奋战上千个日日夜夜。他们脑海中树起"为曲艺立史立论"的旗帜，笔耕不辍，日夜疾书，反复修改，批阅删增。在诸多学者研究史论的基础上，由中国艺术研究院曲艺研究所主持，《中国曲艺通史》《中国曲艺概论》出版了。

这标志着中国曲艺史论研究踏上了新的征程。

为什么写这两部书？因为中国的民族艺术理论需要它！因为中国曲艺界需要它！

中国曲艺理论界开始以整个曲艺系统为对象的史论研究，从相声大师侯宝林为首编著的《曲艺概论》和曲研所首任所长沈彭年为首编著的《说唱艺术简史》说起，已有近三十年之久。其间，投入这方面研究的专家除了侯宝林、沈彭年、王决、薛宝琨、汪景寿、倪锺之、戴宏森、鲍震培等，还有所内专家贾德臣、蔡源莉、吴文科几位研究员，他们都在这方面做出了贡献。在我出任所长的第一次专家会议上，几乎所有专家都赞成在已有成就的基础上再立新著，开辟中国曲艺史论研究的新局面。受重任与历史之托，我和作者们担起了这个担子。

中国艺术研究院的院长王文章对编撰这两部书给了大力的支持。

于是，我们组织了这支队伍，专心致志地拿出各自的曲艺理论研究成果，奉献给中华民族艺术理论研究事业。

中宣部领导同志和人民文学出版社社长刘玉山同志对这两部书的编撰和出版给予了很大的关怀和推动，保证了编辑出版的进度和质量。

这两部书全面介绍了中国曲艺发展的历史，论述了我国曲艺由孕育到成熟的过程，由古代曲艺向近代曲艺、现代曲艺转化的过程，梳理了今日曲艺与古代艺术的历史渊源关系。从宏观与中观、微观的结合上，系统地确立了曲艺本质、曲艺文学、曲艺音乐、曲艺表演、曲艺民俗"五论"。两书涵盖了曲艺史论所应涵盖的诸多方面问题。

应当说明的是，这一史一论所阐释的关于曲艺的基本理论观点是一致的。然而，由于两书中所涉及的具体理论问题甚多，在某些问题上出现一些不同看法，这也是正常的。有些理论问题需要经过长期艺术实践的检验，今天不急于得出一致的结论。这样引发思考，更可以促进曲艺理论研究的发展。实际上，一切学术史都是矛盾史、统一史、发展史、前进史，曲艺的学术史也是如此。

书写成了，我有三个字的评价：不容易！

谁不容易？我们的作者不容易！少资金，无赞助，条件简陋。作为曲艺研究所的所长，我觉得对不起他们。我和他们一起奋斗了三年，我知道他们不容易。

谁不容易？曲研所的退休干部们不容易！作为曲研所上一届领导，所长陈义敏和副所长们，已经退休了，还要跟着开会、讨论、帮忙，一点报酬都没有，就是为了曲艺理论事业，真不容易！

谁不容易？中国曲艺理论界不容易！这支队伍的年轻人越来越少了，外边的世界很精彩，吸引力太强，把我们多少精英都吸引跑了。他们不是没有听说一些门类的科研著作，拿到海峡对岸去出版，会有丰厚的稿费。然而,就是有这么一部分中坚分子,他们矢志不渝地固守着曲艺阵地,时时刻刻都在呼吁整个社会对曲艺给予尊重。他们用青春和生命保护着中华民族传统文化不至于在时尚喧嚣的声浪中淹没!

我面对着这两部大书,心中油然升起的是对诸位同人的感激,对忠诚于曲艺事业的这支队伍的感激。谢谢他们为自己为之奋斗的事业树碑立传,写史撰论。

在《中国曲艺通史》《中国曲艺概论》问世之际,我愿和曲艺界全体同志一起,为曲艺事业祈福,为曲艺事业努力,为曲艺事业奉献。

两部新的曲艺史论问世,不是曲艺理论探索之路的终结,而是向前面新的里程的起步,这必将迎来更多的曲艺理论建设的新华章。

2005 年

相声需要一本词典

相声应该有一本自己的词典。

中国的老百姓非常喜欢听相声。它表演形式简单，它讲述内容风趣，它让观众愉悦，它令人回味无穷，它让我们的生活充满笑声。

也许正是因为如此，有的人认为，只要能逗乐，任何人都能说相声。

如今的舞台上，也不乏一些初出茅庐的爱好者，只要从老先生或者名家的相声录音带上扒下词来，就敢照葫芦画瓢，还敢在舞台上招呼。真是初生牛犊不怕虎，后生可畏！

但以上情景没少让相声同人担心，因为实在怕以讹传讹，让人觉得相声是登不得大雅之堂，总还是生于街巷，弄于地摊的，带着从娘胎里就有的先天不足的毛病，杂耍类的"小贫骨头"技艺。此种心理，其实早已经在诸多相声前辈心里产生，不然，就不会有早先"清门相声"的出现，也没有我这一辈的前三代以张寿臣先生为代表的艺人对"文哏相声"的追求，更没有一代宗师侯宝林用毕生的精力，为相声登上大雅之堂的奋斗。

回顾相声历史，专家和学者都发现，相声是中华民族艺坛上了不起的说唱艺术。前五十年，相声艺人对艺术的追求，对文化的自觉，造就了相声艺术的与时俱进和对民族文化发展的贡献；后五十年，相声艺术在时代的呼唤中，锻打自己，苦修苦练，精品频频，人才辈出，展现了相声艺术的辉煌！

因此，有必要有一些追述记载，也应该有一些一目了然的艺术门类的工具书，让后来人能在尊重历史的基础上，了解和崇尚相声艺术的专业知识，当然也为了相声这一民间说唱艺术的瑰宝，能够在一个科学规范化的道路上行进。

相声作为一门行当，专业知识和术语及历史资料的积淀，不输于任何艺术门类。

相声艺人宗东方朔为祖师，因为他性格诙谐，言辞敏捷，滑稽多智，在皇帝面前"然时观察颜色，直言切谏"，被尊为"滑稽之雄"；

创始人朱绍文在清末就为相声师承定下了行规，从此相声成了一门可以区别于其他任何艺术门类的艺术行当；

处于社会底层的相声艺人为了生存，创造编纂了"春典"，用只有自己人才能听得懂的语言总结自己的表演经验，还用以躲避恶霸、强权者的凌辱迫害；

文人为相声创作手法、特色类别以及笑料归类，总结了相声艺术的专属名称，让相声作者能效仿传承，让相声表演者能有规矩可依，可循；

一代又一代的相声艺人，创作了一段又一段的精品相声段子，这是相声大家族的家底；

这些相声又培育出一名又一名叫得响的"名家"和"大师"，他们均有师承，形成相声大系的祖谱；

从走街串巷始，到如今讲华语的地方都听得到相声，得益于我们相声艺人遍布各地，相声团体不胜枚举；

各类书本杂志早就是相声艺术借以传承的媒介……

以上林林总总。

大千世界，凡与相声有关的资料和知识，均聚集在这本相声词典里。

应该说,这本词典的编成同样是相声事业中一个功德无量的大事件。

感谢天津有我们中国曲艺的大学者薛宝琨先生,他长期与侯宝林大师共事,开相声理论研究之先河,并亲自为这本词典把舵;

感谢曲艺理论家高玉琮先生,他排除万难,艰苦作战,孜孜不倦地认真编写,真是以蚂蚁啃骨头的精神,在陋室书屋,奋战数年;

感谢全国相声界前辈同人的鼎力相助,为词典搜集素材,沙里淘金,奉献资料;

更感谢百花文艺出版社能为我们相声艺术慷慨出资,使这本巨著问世。

都不说了,唯有感激,并三叩五首,为相声事业祈福。

还以此书看作是相声诸公,为纪念毛泽东同志《在延安文艺座谈会上的讲话》发表七十周年的献礼!

2012 年

用曲艺艺术搭起心灵之桥

|《东北亚说唱艺术散论》序|

　　一天，中央电视台综艺频道播放了一位朝鲜族大学生演唱的朝鲜民族说唱——盘索里，动听的曲调、优美的姿态、秀丽的民族服装、古朴的表演风格，博得了观众的阵阵掌声。节目播出以后，在全国的影响非常之大。比较熟悉这个演唱方式的我，看后陷入了沉思。

　　盘索里是朝鲜民族优秀的说唱艺术形式，流传到我国后，成为一个少数民族的曲艺曲种。但是，我听说在其发源地朝鲜已经不多见了，韩国还保留了一些，可是我去了几次韩国都没有机会欣赏到。后来才知道，由于市场认可度等因素，传统说唱艺术没有演出场地，只有在一些大学和传统艺术研究机构，才能够看到资料和一些实物，观赏到一些较为地道的表演。

　　由这儿，我联想到了日本民族传统说唱艺术演出的场所。在日本东京的浅草、涩谷、新宿，我不止一次地去观看过日本艺能，包括落语、漫才等。印象比较深的是浅草寺。

　　据说，浅草寺是东京都内最古老的寺庙，建于平安时代（794—1192）后期至镰仓时代（1185—1333）。另外，在浅草寺正殿附近有一座浅草神社。当时，这个地方曾经被人称作江户的第一闹市，也被人们称为"欢乐之地"。而"欢乐之地"的特点一直保持到现在，至今这里仍然保留着浓郁的江户时代风情。看着眼前的建筑，可以想象出那个时候剧场和舞台纷繁林立，传统艺人你来我往，聚集于此，曾经呈现出传统文化繁茂的盛况。许多日本明星艺人就是从这里走向全国的。现在的浅草虽然已经没有了往日娱乐街的辉煌，但不少演艺场和说唱艺能场依然存在。

如果要听类似中国相声和小品的节目，就要到涩谷或新宿。那里的艺能表演，类似中国的说唱艺术，但是保留的小剧场招牌、装潢、装饰仍然非常传统。演出的节目和演员的"水牌子"，全是古朴如旧，五颜六色的布质旗子在风中摇曳，令人有恍如隔世的感觉。传统艺术的传承，场地非常重要，就像中国的小剧场，相对于中国曲艺艺术的传承一样。

由场地，我又想到了说唱形式类别的相似。

中国的曲艺说唱品种，与日本的艺能说唱品种，多有相似之处。例如，落语与单口相声、漫才与对口相声、讲谈与评书。有文章讲：中国有单口相声大王刘宝瑞，日本也有其近代类似我国"单口相声"的落语奠基人圆朝；中国有游戏主人和程世爵著的笑话集大成书籍《笑林广记》，日本亦有安乐庵策传的《醒睡笑》。不同的是自明治时期（1868—1912）以来，落语艺人一般都在一个叫作"寄席"的小型剧场演出，而中国的相声多是在茶馆和户外演出的。

朝鲜和韩国的传统说唱形式也与日本有相像之处，例如他们的"才谈""漫谈"与日本的"漫才"。

我们中国曲艺家协会组织的中国的曲艺家与日本文艺界的交流活动，已经延续几十年了。但是，以我的观察和感受，这只是蜻蜓点水般的互访。你认识了我，我认识了你，每年互相如走走亲戚，仅此而已。这么多年，观光旅游、采买购物的阶段该过去了，文化艺术相互的交流，该往深入的方面迈开步伐了。

以我自己为例：1982年，我在北京看过日本漫才家人生幸朗的演出；1985年我在日本的东京，与落语漫才家内海好江、内海桂子共同接受过 NHK 电视台采访，有过短暂的交流；1990 年我在北京家中接待过日本最大的吉本兴业喜剧娱乐公司的大崎洋先生，并且在他担任吉本兴业总裁以后，我去日本访问过总部，他也亲自接待了我；2013 年，NHK（日本广播协会）中文广播的专栏节目编辑美代子，录制了我与九十岁高龄的内海桂子先生互相演唱，展现中日两国说唱艺术的现场直播节目；我还曾经在主持中国曲协工作期间，六次带团，到日本进行"笑在东瀛"的品牌性演出和文化交流活动。

在三十多年频繁交往过程当中，围绕着中国周边国家的民族艺术形式，有一些问题不断在我脑海里浮现：

日本的漫才是不是就是中国相声？

中国的曲艺和日本的一些艺能是同一艺术形式吗？

日本的漫才和韩国的漫谈是否有关系？

日本艺人说，我们的漫才是从中国学的，有历史根据吗？

东北亚地区民族传统艺术在不同的社会制度下，还能生存多久？

别看交往那么多，三十多年来对于这些问题，我还是一头雾水，一直没有明确的答案。

还有，韩国的盘索里有不少中国的历史故事唱段，与我们的传统曲目有没有相像之处？又是从什么时候开始有这样的内容的？

再有，我们知道《江格尔》是我国蒙古族数十部英雄史诗中最优秀的一部，也是最能代表蒙古史诗发展水平的作品。它因同蒙、藏两个民族的《格斯（萨）尔》、柯尔克孜族的《玛纳斯》一起，被誉为"中国三大史诗"而闻名遐迩。在中国，它主要的传承方式是曲艺说唱，是用蒙古族的陶力曲种演唱。但是，为什么来到蒙古国就只叫"英雄史诗"，不提演唱方式？

蒙古国在世界艺术论坛中关于"江格尔"的论文多次获大奖，而我们中国的曲艺界对其的收集与研究却较少,少有建树,原因何在?

蒙古英雄"江格尔"的史诗作品究竟起源于何地?与西藏的《格萨尔王》有哪些联系?

我再也不能老问自己回答不了的问题了。

我请教了中国文史馆的冯远先生。他启发我,让我萌生了做关于东北亚说唱艺术的研究项目的想法。

中国曲艺理论研究,应该有一本有关这方面研究的书,要做一点历史的考证、实地的考察与深入的探讨;要有比较,要有建立在科学基础上的大家公认的论证。这对中国与各国的民族说唱艺术交流,解决很多人脑海里的迷惑,是非常必要的。

1981年,相声大师侯宝林与曲艺理论家薛宝琨等一行四人赴日本考察民间艺术,这无疑开启了两国民间艺术交往的先河,也促使侯宝林产生了加强曲艺理论研究的想法。在侯宝林的推动下,中国艺术研究院成立了曲艺研究所。在第一任所长沈彭年带领下,有了《中国曲艺艺术概论》的理论书籍。现在看来,这本书只是一个小册子,但是它掀开了加速进行中国曲艺史论研究的序幕。

之后,我就任曲艺研究所所长时,组织倪锺之、戴宏森等专家编撰了《中国曲艺史》《中国曲艺概论》两本大书,结束了过去人们普遍认为"曲艺无史、无论"的历史。

从刚开始,侯宝林在大阪大学会议厅中谈古论今,介绍中国相声历史,并且与日本演艺界的朋友热烈地讨论落语、漫才与中国单口相声、对口相声的异同,时间过去了四十年。

今天,中国曲艺家协会、中华曲艺学会在中国文学艺术基金会的资助下,组织年轻的曲艺学者起动了"东北亚说唱艺术探源"的研究课题,我和董耀鹏共同负责。年轻的曲艺理论学者客座日本的明治大学、韩国的首尔大学，造访蒙古国的乌兰巴托艺术学院，走访这几个国家的艺人、演出场所并观摩演出。在日本学者加藤彻夫妇，韩国首尔大学志愿者协会主席、中国留学生杨卫磊先生，蒙古族学者恩科巴雅尔、布仁白乙和蒙古国艺术家协会的艺术家们的帮助下，我们的学者历时四年，终于编撰了这本书。

语言是人类信息的第一载体，各个国家的语言都是人们相互沟通的工具。作为以语言表达为基础的说唱艺术，是各个国家保存和传递人类文明成果的重要途径。艺术与科学一样，是人类共同创造的，有个性，更有共性。说唱艺术就是以文学或者口头文学为说唱基础实施的。

鲁迅先生说："人类最好是彼此不隔膜，互相关心，然而最平整的道路，却只有文艺沟通。"

被人们称为"20世纪中国最后一位散文家"的刘亮程说："文学艺术是人类最古老的心灵沟通术，是上帝留给人类最后一个沟通的后门，是感情的艺术，讲人的共同感情。"

科学和艺术属于全世界，对东北亚说唱艺术的调研和比较，可以解除的不是我一个人的一些迷惑。拨开眼前的云雾看到一个真实的对方，艺术的交往、借鉴、相互学习，对于任何国家的艺术发展无疑是最具价值的。

东北亚说唱艺术探源的科研项目结题了。为即将出版的这本书写上这些话，也是希望曲艺艺术成为人们心灵沟通的桥梁。

2018 年

潜心研究，成功问世

| 《笑料中的修辞学》代序言 |

　　刘国器先生又出了一本新书，专门讲相声包袱和语言修辞之间的关系，我觉得相声作者和演员都应该给予十分的关注。

　　中国的相声创作和表演，历来非常重视包袱产生与语言修辞之间的关系，如马季先生谈及相声创作时，经常提及修辞学，并举例给予说明；侯宝林在谈及相声创作时，一再强调"语言艺术"与"文学性"的演化过程形成的"口头文学"特性等。

　　但是，系统、全面地研究相声包袱与语言修辞学的关系，刘国器先生首开先河，这很必要。因以"世俗艺术"标榜的"俗文化"特性，很难说清与"低俗"之间的界限与瓜葛，因此，以研究笑，即相声包袱的规律，加以分析语言修辞方面的作用，则让相声作者与演员，从感性操作到理性认识的升华中，找到理论的根据和现实的范例。

　　在这本书里，刘国器以"包袱是相声的核心，一旦离开了包袱，相声就不能称其为相声"为出发点，从包袱是如何制造、设计出来的为切入点，用掌握的大量相声资料，潜心研究多年，得出一个结论，即任何一段相声中绝大多数的包袱，具体说都是与语言修辞学有关。他认为：修辞不单单是增强了语言的魅力，更能制造出能引人发笑的包袱。此书以大量的修辞实例，如夸张、比喻、递进、排比、双关、比拟、倒反、飞白、映衬、示现等修辞手法，充分地印证了他的观点。

相声艺术历史悠久,相声由一人始,之后,一而十,十而百,百而千,千而万,如滚雪球般,今日演艺相声者已数以万计。而且,艺人不是像过去大多是文盲与半文盲,今日则有许多学士、硕士乃至博士参与其中。如此,讲一讲相声包袱与修辞学之关联,应该不算一个偏门和高深的话题。相反,通过对相声"文学性"认识的加强,增加艺术创作上的文化自觉,更能使相声从业人员,从更深一个层面上认识相声包袱的产生原因和规律。相声包袱除了是观众与作者、演员合作默契的产物,和包袱必须有的"意料之外"和"情理之中"外,还有客体乖谬的喜剧性与主体创造愉悦的理智性的巧妙结合。

此书我只是匆匆一看,对于更深的还不能够理解更多,只希望此书的出版,对相声的创作有着借鉴乃至具体指导的作用。

2016 年 4 月 26 日

相声做科普，有益的尝试

| 《科普相声集》序 |

二十多年前，侯宝林先生曾为《科学相声》(郝爱民、谈宝森著)作序。他满怀激情地说："科学需要曲艺，曲艺也需要科学。科学相声使深奥的科学知识插上翅膀，凌空飞翔。科学相声把曲艺这个传统艺术形式注入了新的内容、新的血液，赋予新的生命。"他还说："现在，众多的曲艺工作者和科学工作者正在使文学和科学结缘，十分可喜。科学和文学能够'通上电'，就会形成一个强大的磁场。这个磁场，必将吸引着成千上万的人，为祖国的'四化'建设贡献力量。"

二十多年过去了，科学相声并没有得到很好的推广。其原因很多，一方面是没有形成一定的氛围；更主要的方面是写科学相声有一定难度，它不能太多地运用相声的长于表现的技巧，又受限于科学知识的严肃性和不可随意性，所以，对戏谑的成分有一定的限制。

今天，我们的经济腾飞，科学进步，文化繁荣。这些为科学工作者和文艺工作者提出了提高全民科学意识和科学素质的任务。

周季生先生是一位退休的大学教授。五年多来，他孜孜不倦，笔耕不止，利用相声的艺术形式来普及科学知识。尽管他不很熟悉相声的结构、包袱和技巧，但他克服了这些难处，尽量地使内容和表现形式达到统一。他结交网友，请教相声作者和演员，反复修改，反复推敲，形成了这本《科普相声集》。这是一个很好的尝试和创新！

他的这本集子可看性很强,有属于描写现实的,如《说茶》,也有属于带点幻想的,如《引力》。但无论是属于现实还是幻想的内容,在他的笔下,深刻的道理变成了家常话,把大家所看到的、不经意理会的自然现象,引申到知识领域里。在他编织的轻松活泼、幽默有趣的画图中,人们接受了一次知识的普及、熏陶。

我向大家,尤其是向青少年朋友推荐这本书,也向我们的专业相声作家推荐这本书。希望我们现在的相声作者从周季生先生的相声作品中得到启发,如何使自己的作品在知识性上得到加强,从而使我们的相声真正为老百姓制造欢乐,雅俗共赏,寓教育和知识于娱乐之中,打造出更多的相声精品。也希望我们的相声演员多演出些科普相声,使我们的相声艺术更加繁荣。

2006 年

笑，可以计算出来吗？

|《相声的有限元》序 |

二十年前，东三省有一位研究相声的学者，他的文章和别人不一样，专门计算一段相声在演出的时候相声包袱响的时间，笑和掌声效果时间的长短，然后用表格列好，一段一段地进行比较以此来分析一段优秀的相声作品，应该是什么形态与结构。他的研究方法让当时曲艺界的人士觉得很陌生。

十年前，中华曲艺学会的副会长张祖健先生，他研究相声的论文，专门琢磨市场和观众，他用一大堆数字和我们听不懂的计算方法，告诫我们相声艺术的不乐观的前景和命运。他犀利的语言和见解，让许多曲艺家听了以后，坐在座位上光眨眼不说话。

2011 年，李宏烨和我说他在大学里除组织同学一起创作表演校园相声以外，还编写《相声的有限元》，还邀请我来写个序，我听了以后，实在有点蒙。

有限元我不太懂，但工程上的模拟仿真还是略有耳闻的。比方说要建一片建筑群，尚未开工就已经有人在电脑里建立好了完整的建筑群模型，不仅外形直观，就连每一方土地上风大不大都可以通过数学方法仿真出来。有了数学模型，设计人员就很容易发现问题，改善原有的设计方案。这就是模拟仿真的作用。

相声能这样吗？弄俩电动小人先说，一大堆电动的观众在那儿听？

然后观察效果,修改相声?

我们小时候都学过算数,拨过算盘。自从跟随马季老师学习相声以后,我就再也没有摸过算盘。偶尔也想过把观众的笑推算出来,但那就是个戏谑的说辞,因为相声是一门曲艺,是说唱艺术,相声效果是演员与观众靠表现的优劣、理解的程度、表达的方式以及共鸣的大小,共同创造出来的。这一切我相信靠计算是解决不了的!

但是,话不能说绝,现在世界上很多过去认为办不到的事,现在全做到了!

《相声的有限元》就是想做到我和一些过来人认为做不到的事。

这本书认为,相声是一门语言艺术,每一次表演的细微变化都可能导致观众反应发生变化,这些都给模拟仿真的准确性带来了不小挑战。《相声的有限元》是一次很好的尝试,建立起一套完整的模拟方法来估算出现场观众的笑声。即使估算结果存在偏差,也不妨碍提供出不少有价值的信息,供相声作者进行再创作。所以说,现代相声的模拟是有价值的,应该去勇敢地尝试。

相信不少相声艺人会提出相同的怀疑:艺术价值真的可以用来"算"吗?其实,这本书并不仅仅介绍如何算,全书共分为三个部分——怎么看?怎么算?怎么办?"算"只是其中的一个环节。因为要"算",现代相声必须得如此看;因为会"算",现代相声就可以如此办。

于是,我说,数学或者说科技,在相声的创作中能不能起到辅助指导的作用,也许从这本书的出版,就有了一个开始。

我们从事曲艺事业的人不应该排斥科技,应该鼓励精通各种科技的专家共同参与相声,把他们的学识运用在现代相声的研究和创作上,从而推动相声艺术向前发展。话说回来,要建立准确的相声模拟体系,必须得靠既喜爱相声又精通模拟专业知识的人来实现。所以,我很感谢两位上海交通大学材料加工专业的博士生,在钻研工程课题的闲暇,还愿意投入精力研究自己所热爱的校园相声。

在此希望更多各行各业的人才,也能投身到中国曲艺理论的研究中,把各自所擅长的科技知识应用在中国曲艺领域,推动现代曲艺真正跨入科技时代。

2012 年 9 月

搭档的风采

|《搭档》序|

在相声艺术的发展历史上,尤其自改革开放以来,已经出版的相关书籍可谓不计其数,包括史、论、艺人传记、段子内容以及业内趣闻逸事等,可谓绚丽多姿,为相声艺术的研究积累了极为丰富的资料。今天《搭档》一书付梓,邀我写几句话,我欣然应允。皆因在诸多相声书籍中,少有着眼于"搭档"这一话题的。熟悉相声的观众都知道,搭档在相声表演中的作用至关重要。因此,该为此书的策划者、出版者的独具慧眼点个赞。

搭档,即合作伙伴。我们常说的"三百六十行",其中大多数都需要搭档进行合作。而在公众面前亮相最多的,无疑是曲艺搭档,如苏州弹词、二人转、双簧、数来宝、拆唱八角鼓等,观众在欣赏这些节目内容的同时,也很关注一对搭档之间的默契。而与其他曲艺形式相比,相声的搭档更具独到之处,也就更受观众的瞩目。而这独到之处,就是逗哏与捧哏的关系直接影响到包袱能不能抖响,而包袱响不响,又决定了一个段子的成败。至于相声搭档的关系,艺谚云,"三分逗,七分捧","逗哏是划船的,捧哏是掌舵的",这说明了捧哏的重要性。但此类艺谚并非是指捧哏比逗哏更重要,而是因为观众在欣赏演出时往往会把更多的注意力放在逗哏身上而忽略了捧哏的作用,这些艺谚正是为捧哏鸣不平。事实上,逗哏与捧哏是互为红花和绿叶的关系,你中有我,我中有你,双方都是一门艺术不可或缺的关键要素。

在相声艺术的发展历史上，许多前辈演员对搭档的默契程度非常重视，更是为选择搭档而煞费苦心。艺名"万人迷"的李德钖之所以选择与张德泉合作，是因为张捧逗皆能。二人的合作留下了"粥李豆腐张"一说，指的是他们在演出《粥挑子》时，由李德钖逗哏；表演《豆腐堂会》时，则由张德泉逗哏。这样的安排是为了能够取得最佳的演出效果。后来，李德钖让晚辈张寿臣与他搭档，二人互为捧逗，意在扶持张寿臣扛起大旗，推动相声艺术的发展。再如常连安亲自为长子常宝堃选择赵佩茹，为次子常宝霖选择全常保，为三子常宝霆选择白全福作为搭档，可谓用心良苦。后来常宝堃、赵佩茹成为天津著名的"五档相声"之一，常宝霆、白全福的合作长达四十余年，成为相声界无人不晓的"常白"组合。同样，马三立在选择搭档的问题上也曾思索良久，结果他特地从东北请来张庆森，并为张解决了居住问题。后来二人合作演绎了众多传统段子，还留下了《买猴儿》《开会迷》等经典创编作品。

上面这些例子充分说明了相声搭档的重要性。但任何一对搭档的合作都不会自始至终一帆风顺。或因双方合作不是很成功，或因一方身体出现问题，或因一些不便为外人所知的缘由等，分手的情况屡见不鲜。遗憾的是，其中不乏一些优秀的搭档，如马三立和张庆森因张的失明而分手，郭荣起与朱相臣因郭希望朱能扶持晚辈苏文茂而分手。朱相臣与苏文茂合作，二人共同推出了独具特色的《论捧逗》《批三国》《文章会》等精彩作品。

相声艺术之所以成为备受观众喜爱的艺术形式，很大程度上要归功于它的喜剧特质，而搭档的默契程度直接影响到其发挥喜剧功能的效果。在相声艺术的发展历史上，有不少极为优秀且为广大观众格外钟情的搭档，而对搭档的探讨也应被列入相声研究的课题之中。可以说，本书为这一课题的研究开了个好头。

感谢在曲艺书籍出版上有着优秀传统的百花文艺出版社，该社出版的《相声大词典》填补了相声辞书方面的空白。

感谢所有参加撰稿的曲艺工作者，其中大多数为中青年曲艺人，足见相声研究后继有人。

本书主编高玉琮先生是一位资深曲艺理论家、作家，他夜以继日、心无旁骛地为曲艺工作，并频出成果，我在祝贺的同时也表示感谢。

相信本书会受到相声人与广大读者的喜爱！

2018 年

难得清醒的"梦话"

相声《大相面》里有一句台词，说长着一薄一厚嘴唇的人是"既富有情感，又讲究理性"。

我想用这句话开头，给大伙儿说说孙立生。20世纪80年代初，我和立生接触时，他是山东《群众艺术》杂志的编辑，因为亦是曲艺演员出身，自然与我"未曾谋面三分熟"。但是我们俩真正熟悉起来，却是在以后三十年的接触中。

人生有几个三十年？真正懂事以后顶多也就三两个，然而第一个三十年却是最重要的，因为这是基础，是底子，它的深浅厚薄可以决定你日后的"高低"。立生的底子打得好。他一直没有离开基层，一直没有离开曲艺，一直没有离开曲艺文学创作，最难得的是他的创作也一直没有离开舞台实践。他走的道路是"演员——作者——行政管理——理论研究"这样一条道路。于是，他从一个演员走上了刊物编辑的岗位，以一个组稿员的身份走进了曲艺作者的行列，从一个创作员干上了山东省曲艺行业组织者的行当。今天，当他有了山东省曲艺家协会主席这样一个身份时，他又认真操起笔来撰写曲艺评论、研究文艺理论，乃至对人生、人之生命等发表了许多不同凡响的悟与识——不断发现、总结新时期"艺术与人生"的规律，使他和他热爱的曲艺，能够科学、理性地成长和发展。

艺术圈的人都知道，搞评论本是一个极富理性或理智程度极强的工作。但，在立生的文章里，你首先感到的是他那炙热的情感和如泉涌的思绪：时而有感而发，一吐为快；时而拍案而起，怒不可遏——他奋笔疾书的字里行间中充满着山东人独有的那股"鲁"劲儿。提起曲艺，便离不开民族、民俗、市民、井巷、村姑、老叟……嘿嘿，这可全是些远离时尚、缺乏"星味"的字眼儿。时过境迁，在很多人的眼里民族曲艺今非昔比：有的地儿日趋没落，有的地儿艰难生存，有的地儿青黄不接，有的地儿渐行渐远的印记逐渐被时代而淡忘或忽略，即使有一些热爱曲艺的性情中人在那里开着曲艺"维持会"，也是处在姥姥不疼舅舅不爱的处境之中……恰是面对这样一种尴尬或者无奈，我们愈发强烈地感受到立生对曲艺的一腔热血和深厚情感：看到曲艺的生机与兴旺，他就声嘶力竭地为她欢呼；看到曲艺的鄙俗，他就痛心疾首地数落她"不争气，不长脸""哀其不幸，怒其不争"；看到新人新秀的出现，他发自内心地为他们捧场铺路；看到阻碍曲艺发展、进步的言行举止，即使对方是有影响的"权威""教师爷"，他也敢迎上前去撞其"软肋"，请求他们自尊、自重，为曲艺的"繁荣发展"真做事、做真事、做好事。这一切，光凭理性显然是不够的，它需要"一腔热血"和"钢筋铁骨"的统一——有时候可能还需要一点敢冒"大不韪"的胆量和气节才行！诚哉，立生的率真、执着和对曲艺"渗"到骨子里的热爱。

立生说，最初给自己书房取名叫"寻梦斋"；五十岁之后，有了"时不我待"的紧迫感，便更名为"追梦斋"。这本集子所选的文字，都是他五十岁以后在"梦斋"里的"呓语"。其实，他的"呓语"却多是些深度的"冷静"与超常的"清醒"，比如，他对曲艺曾做出这样的判断：浅薄者往往看到的只是热闹的表面现象，而只有少数穿越喧嚣能深入其中的，方可窥探到它的美的含量、价值，及其厚重的文化底蕴和顽强、鲜活的生命力……

由情而发,由理而入,在立生这些文章里你会发现,他有了越来越多的深入思考和理性的分析。平心而论,作为民间艺术的曲艺,即使现在,理论体系亦尚未完全形成,其理论研究的专著仍颇为匮乏。立生在涉足理论探讨和研究方面已经开始自觉地要求自己做合格的"研究生"。这在本书的文章里,我们已经初见端倪。

　　写评论,发感悟,似乎是份不太容易讨好的差事,随时都有"引火烧身"的危险。好在,我们的立生始终"与人为善",他"讲理",并不"蛮缠",从他每篇文章所说的子午丑寅里,你能体会到他在一点一点地归纳、梳理着自己的思考与思路,讲清自己也在说服别人。

　　我想,只要不是"遇到兵",立生的道理则一定能够讲清。

2009 年 3 月 3 日

寄语国粹情未了

| 《逗你没商量:相声界奇闻趣事》序 |

　　接到孙福海先生的电话,说他完成了一部关于相声界的轶书稿。我的心为之一动:真棒,又一部"相声书籍"即将问世!责任使然,我顿生兴奋乃至感动之情。原因有二:

　　一、相声属于曲艺范畴,只是五百多个曲种其中之一。但相声艺术的影响之大,观众之多,在所有曲种中名列前茅。不是吗?2002年我曾参与策划、组织了"纪念侯宝林诞辰八十五周年"系列活动,其中一项是研讨会,与会者除了有海峡两岸的相声专家,俄罗斯、马来西亚、新加坡等国的同行也赶来北京,观看、参加演出,宣读论文。相声土生土长于中国,居然有诸多外国学者赏其魅力,孜孜不倦对其研究,足见其影响力之大。至于作为一种"笑"的艺术,它给多少人送去了欢乐,恐难以尽数。但对充分发挥了教化、娱乐、审美等多项艺术功能的相声,其专著却少之又少,据我所知,不到百部。孙福海先生的这部书稿能够面世,无疑将给相声艺术这株繁茂大树增添青枝绿叶。我又何尝不兴奋呢!

　　二、孙福海先生是天津市文联党组书记,多年来,他关心曲艺事业,多次与中国曲协联合举办了各种活动,如"纪念相声大师张寿臣诞辰一百周年""纪念李润杰诞辰八十周年"及"红旗渠杯""红金龙杯"两届全国快板大赛……还承办了"首届中国曲艺节"等重大曲艺活动。除了天津曲艺家协会,还有天津的美术家协会、书法家协会、杂技家协会、摄影家协会、戏剧家协会、民间文艺家协会等,均在他的领导之下,我深知其工作繁忙。但他在百忙之中,深入开掘,广收博取,并结合亲身经历,抽暇笔耕,完成该书的写作。我又何尝不为之感动呢!

相声行内人士大多知道,福海先生是相声演员出身。相声演员是十分看重师承关系的,依据相声行内一致公认的师承谱系,他是前辈杨少奎先生的弟子。他长期工作在"曲艺之乡",先后担任过天津市曲艺团、文化局、文联的领导,他对京、津两地相声界的情况比我熟多了。他邀我作序,我有些犹豫,谁知他情真意切,说我曾为《中国传统相声大全》《中国快板精品选》等作序,不会瞧不起他。作为朋友,看来我还是"恭敬不如从命"为好。

阅读了全部的书稿,展现在我面前的如同一幅相声历史的长卷。的确,自张三禄把自己所表演的技艺称为"相声"开始,一代又一代人传承至今,福海先生记录下了历代相声艺术家所走过的路程。这部书稿不是纯理论上的阐述,而是叙述了一个又一个真实的故事:从无到有;从几个艺人到一支大军;从"撂地"到登上中央电视台的大舞台,乃至诸多相声艺术家把欢笑带到港澳台地区及美国、澳大利亚、马来西亚、新加坡等国。从书稿里,我看到了相声艺术极为精彩的代代相承、蓬勃发展之缩影。

在旧社会,相声艺人能让任何一个阶层的人开怀大笑,但他们却生活在社会的底层,为了能吃一顿饱饭而绞尽脑汁,个中的酸楚可想而知。相声艺人的苦难之路凶险频频:晚清肃亲王善耆一声令下,北京不许说相声,有的艺人外逃谋生,有的艺人被迫改行;相声大家"万人迷"李德钖惨死在干涸小沟里,身边无一亲人;承前启后的大师张寿臣被青帮头子软禁;名艺人戴少甫无故被打;老艺人张宝茹被地痞流氓欺凌……

我们的相声艺人不甘受辱,进行了不屈不挠的反抗和斗争。《得胜图》抨击了清朝统治者的腐败;《揣骨相》痛斥了权臣卖国的媚骨;《卖五器》嘲笑侵略者的愚昧;《牙粉袋儿》《过桥票》揭露了人吃人的黑暗……更多的作品则通过自嘲的手法表达了相声艺人对"三座大山"压迫的愤懑。张寿臣在舞台上,热情歌颂了民族英雄吉鸿昌将军;常宝堃在所说的段子中,因激烈抨击物价飞涨和苛捐杂税而两次被捕入狱,虽身陷囹圄,却大义凛然,坚决不写反对共产党的段子;班德贵怒打在中国土地上胡作非为的日本人;李洁尘施计耍弄"小鬼子";刘宝瑞怒不可遏教训汉奸……一段段的故事所表现的,除了艺人们的机智,更是铮铮铁骨,民族的气节。

应该说老艺人从艺的环境是艰苦的甚至是恶劣的。然而,他们学艺刻苦,从艺认真。诸如李德钖、焦德海、张寿臣、侯宝林等前辈,他们对待相声艺术绝不敷衍,对艺术负责,对观众负责,且把这两个方面视为己任。同时,他们富于追求,不断地丰富演出节目,李德钖、钟子良、张寿臣、张杰尧、戴少甫……既是表演大家,又是创作高手。更多的艺人则是长于进行二度创作,根据个人的表演特点,一遍拆洗一遍新,使作品的质量得以提高。中华人民共和国成立后,相声演艺人员的称呼变了,称为演员或是表演艺术家,但为相声"添产业"的精神却没变。他们既创作新作品,又整理传统段子,郭荣起、侯宝林、孙玉奎、常宝霆、苏文茂、刘奎珍等是这方面的佼佼者。更为可喜的是老舍、何迟、梁左等文人的介入。看了该书,我想读者一定会惊叹:著名的大作家老舍除创作了《四世同堂》《月牙儿》《骆驼祥子》《茶馆》《龙须沟》,还创作了相声《卢沟桥事变》《中秋月饼》等,并且,他还说过相声!著名的戏剧、电影剧作家何迟,除创作了轰动一时的电影《不拘小节的人》,还创作了相声《买猴儿》《高人一头的人》等,他也参与过多段相声的表演!还值得记叙的是中华人民共和国成立后,成功地涌现出一大批歌颂型相声作品,如《女队长》《找舅舅》《英雄小八路》《画像》《昨天》《警民一家》……马季、夏雨田等为歌颂型相声的功勋卓著者。

此后,出现了专业相声作家群体,尽管人数不多,可是确有《教训》

《不正之风》《武松打虎》《风灾》《指妈为马》《郝市长》等优秀精品奉献给观众,且社会影响颇大,反响强烈。

无论是老艺人还是新演员,他们将观众视为衣食父母,对同行非常义气。在这方面,该书也有不少叙述。我曾参加侯耀文、常宝华、常贵田、李金斗诸位老师发起的为生活困难的相声前辈遗属和多病的前辈举行的义演,场面热烈,情谊深深,颇为动人。此书记载的戴少甫去世后,侯宝林义演,跪在舞台上为戴少甫募捐的场景,感人至深。我想,在构建和谐社会的今天,相声界的一些优秀传统美德,仍需继承和发扬。

现在,相声界出于行业保护之目的的"春典"已经不是什么秘密了,该书还介绍了相声艺人"行规"的出现、"春典"即"行话"的使用、拜师收徒的规矩等,这些也增添了这本书的可读性。在改革开放初期,作者作为天津市曲艺团的领导,就曾用"春典"为赴外地演出的演员送行,一共十二个字,却有十一个字为"春典",美好的祝愿和应该注意的问题全部彰显在诙谐、融洽的上下级关系中,可称为使用"春典"的"经典"。

我相信对于相声外行的读者,会喜欢这本书,因为可以了解相声简略的历史,了解相声历史上的诸多相声名家,了解相声工作者们为相声事业做出的孜孜不倦的努力。对于相声业内人士来说,也会大有裨益,可以加深对相声的理解,学习老艺术家为相声事业奋斗终生的精神。我想,知识性、趣味性、故事性并重,是该书的最大特点。

《逗你没商量:相声界奇闻趣事》是一部难得的好书,我推荐大家不妨一读。

2006 年

听他说"相声那些事"

|《相声那些事》序|

我认识许秀林，还是他当天津曲艺团书记和团长的时候。他很低调，为人平和。我只知道他是相声演员出身，别的都不太了解。后来我听天津曲艺团的同志们说，他有个爱好，愿意泡图书馆、资料室，说他每每看到张寿臣、常连安等老先生的历史资料时，就爱不释手，如获至宝，整理学习。我曾经动过向他了解相声历史、共享相声资料的念头，后来因为我杂事太多，一天到晚地瞎忙活，就年复一年地耽搁下来。

和朱军相识以后，尤其在朱军认我为大哥后，我才知道，我与我这个"弟弟"原来同是门里出身，他曾经也是个正儿八经的相声演员，我们应该是名副其实的师兄弟。因为朱军就是许秀林的相声弟子。

许秀林是相声老前辈赵佩茹先生的入室传人，与高英培、常贵田老师同为师兄弟。赵佩茹先生在相声家族中，声名显赫。在同代相声艺人中他拜师最早，而且以功底深厚，表演细腻入微而闻名于相声界，倍受同行们的崇敬，大家都纷纷向他学艺。赵佩茹先生去世以后，许秀林一直和师哥高英培先生学习，高英培代师父传艺。许秀林在兰州军区文工团工作期间，发现了朱军，收他为徒，把朱军送到聚光灯下的舞台上。

一次，朱军告诉我，他师父写了一本关于相声表演的工具书。我当时脱口而出："太好了，我们需要呀！"

我曾经读过几本关于相声写作和表演的书。一本是 1956 年，辽宁出版社的竹先生写的;一本是我们中国广播艺术团老团长王力叶先生的;一本是相声界老前辈罗荣寿先生的。这些工具书让很多初学相声的年轻人得以入门,也把前辈相声艺人在相声艺术表演的经验和技巧,以及对于传统、现代的作品的创作和分析的心得,记录在他们的著作中,使不少后来者受益。朱军让我为这本书写序,我欣然允诺了,提笔的时候,我对中国相声在 21 世纪以来的状况做了一点回顾。

随着时代的前进,尤其是进入 21 世纪以来,在全国范围内,以相声小剧场的兴起为代表,相声艺术蓬勃发展,似乎演绎着世界文艺舞台上的"小剧场"运动历史。"小剧场"运动是 19 世纪末的法国"自由剧场"的艺术实验活动,后风行于英国、德国、荷兰、俄罗斯、美国、日本等国,是一次以易卜生为代表的现实主义与自然主义戏剧取代古典主义与浪漫主义戏剧,取代在西方剧坛占据主导地位的古典主义与浪漫主义戏剧的戏剧革新运动。我曾经在 1995 年到加拿大,以访问学者的身份,用两个月的时间专门考察过渥太华、多伦多、温哥华的"剧场运动"(Theater Sports)。

相声小剧场,没有戏剧运动的主旨那么鲜明,那么宏大,但是参加小剧场演出活动的年轻人,自觉不自觉地开始以对时代新的感悟和思考,各自走出了艺术新的探索之路,也对老的相声艺术创作、表演方式提出了挑战。我们许多老相声艺术家对于在相声舞台上突然出现那么多的"新秀",给"造蒙"了!他们以依然如故的父权社会那份冷静与无奈,看着青年人以自己的理解演绎着传统相声;他们不解地看着年轻气盛、不按包袱规律、自由自在地编撰新的笑料的"相声演员";他们疑惑地看着观众,尤其是年轻观众对这一切那么热情地捧场;当然,随着时间的推移,他们也逐渐地、慢慢地接受了,他们认为没有什么功底、资历的"笑星",与他们肩并肩地排在"腕儿"的行列。

从"北京周末相声俱乐部"的领头,到"德云社"的火爆,到"嘻哈包袄铺"诞生,到今天,据不完全统计,曲艺社团(包括高校)大体三千家,全国的"相声小剧场"大概五百家。逐渐地,通过这个"相声小剧场运动",老一辈的相声艺术家对于今天的年轻人有了了解、宽容、理解。这种不断从内心向外拓展的精神视野,使相声艺术具有了越来越大的包容量。相声艺术家几乎比较一致地认识到,只有怀着这种包容量,才有可能建构一种属于自己也属于全社会的相声艺术和相声文化,直至从这种文化中发展出一种中国民族说唱艺术生生不息的精神。"陶令不知何处去,桃花源里可耕田"。

整个艺术史的发展,总在动态地、不间断地行进当中,是处于"进行时"的状态。我们用"进行时"来延续"过去时",彰显"现在时",迈向"未来时"。

我们的时代的确有太多不同于以往时代的地方,很多以前人们需要经过多年专门训练,只为少数人掌握的专门技巧,现在成了全人类唾手可得的共有财富,这种现象在相声舞台和队伍里已经呈现出来。科技的高度发展,信息社会的到来,使得人们能以以前无法想象的方式进行交流,每个人都不自觉地沉浸在自己的世界里拼搏。虽然理解和包容一并到来,但是,老一辈还是希望年轻人能够多一点"传统"底子,承认老一辈在相声新时期也续写了传统,希望得到尊重,希望年轻人在这个历史事实上夯实基础,希望他们崇尚艺术,尊重传统,学习前辈,古为今用。

几乎就是在近一年的时间里,相声界里一个非常令我高兴的事情降临了。许多过去和老一辈几乎老死不相往来的年轻人,突然与这个行当里的人热乎起来!苗阜、王声、高晓攀、徐德亮、陈印泉、李丁等等,他们几乎异口同声地希望"学习传统""走出瓶颈",希望能"更上一层楼"!等我和常贵田、师胜杰、李金斗、石富宽与他们接触交流了以后,我们发现他们是真心地希望在传统艺术的宝库中"回炉"。长期的艺术实践已经使年轻一代认识到"一部好的作品,应该是把社会效益放在首位,同时也应该是社会效益和经济效益相统一的作品。文艺不能当市场的奴隶，不要沾染了铜臭气。优秀的文艺作品，最好是既能在思想上、艺术上取得成功，又能在市场上受到欢迎"。我们都认为，这是相声界可喜的现象，意味着相声事业正变得更加兴旺。

"生正逢时"。就是在这样一个时刻，许秀林把他酝酿许久，集他在生产建设兵团、部队文工团、专业艺术团体四十余年的艺术实践和体会，加上他长期对相声艺术资料的积累和解析，写成了这本"如何表演相声"。相对于现在市面上流行的一些，甚至已经走进学生的课外读物的有关相声表演的"浅说"，这部书，应该说确实深入一些。相声除了天津艺术职业学院里的专科，还没有高等学府进行这门专业的教育和传授，这也可能是为什么我们相声界那么重视"师承"（这是个实实在在的"文凭"呀！）。今天，许秀林把他从赵佩茹、高英培等诸位相声前辈的艺术实践中得出的宝贵经验，加上他观察今天新时代相声新作表演规律加以研究总结，和盘托出集成这本相声表演的工具书。相声界过去有一句老话："宁赠一锭金，不舍一句春。"这个时代已经一去不复返了。

"等闲识得东风面，万紫千红总是春。"

这是本相声艺术的工具书，也是我们相声教育的教科书。许秀林说："这本书是我一辈子的心血。"我们有许秀林这样的有心人，何愁相声艺术满园春色的明天不会到来呢！

我们感谢他。

2014 年 10 月 29 日

价值引领是曲艺立身之本

|《说学逗唱有乾坤》序|

　　市场经济体制下，曲艺何为？这是当前曲艺界必须正面回答的问题。曲艺创作与传播应当始终以人民为中心，坚持美学的、历史的、人民的、艺术的价值标准，让曲艺引导市场而不是让市场"奴役"曲艺。曲艺创作应立足当代、关注现实，自觉用当代意识思考现实生活，主动将个人感受升华为公众的感受，提高曲艺作品的吸引力和传播力。

　　应该看到，随着市场经济的发展壮大，曲艺表现形式也越来越多样化，但整体来看，曲艺除了满足人们的娱乐文化需求，更应有引人向上向善的功能。在曲艺与市场的关系上，我们要力求社会效益与经济效益的统一，当两个效益发生矛盾的时候，应该旗帜鲜明地将社会效益放在首位。这是因为，曲艺的终极目标，乃是坚守人类的精神家园，追求人自由而全面的发展。

　　曲艺作品是靠艺术感染人、感动人、感化人的。优秀的曲艺作品，应当做到思想性与艺术性的和谐统一，具有强大的感染力和吸引力。曲艺必须直面当下牵动社会神经的各种问题，探索各种问题产生的成因，帮助人们认识严峻的社会课题，引领人们奔向真善美。曲艺工作者应当把社会效益放到第一位，以有利于提升全民族特别是青少年的精神素质为前提，把精神食粮送到千家万户，这是曲艺工作者应尽的义务。换言之，给公众以人文关怀和价值引领，是曲艺工作者义不容辞的责任与担当。

市场经济条件下,曲艺作品是否还要保持并发挥载"道"作用?回答是肯定的,这是由曲艺本身的功能决定的。曲艺应关注当下,尤其要关心人们在现实中遭遇的各种问题,关注他们心灵的创伤,他们面临的困境等。当一些人出现各种各样思想和心理问题时,曲艺应当用真善美将他们引导到正常健康的生活中,这是艺术家责任感的体现。尤其是在市场经济的大潮中,曲艺工作者能够保持超越功利的创作心态,是特别值得尊敬的。对于读者、观众而言,曲艺作品除了要好看,还需要精神上的感动和心灵上的滋润。当前,除了要在创作思想上强调真善美的统一,曲艺工作者还面临提高和引领受众的任务。曲艺作品的本质是审美属性而不是商品属性。有人认为文艺生产的本质是产业,换言之就是商业,这是一种偏颇的看法。如果我们承认文艺的本质是审美,就要坚定地把社会效益和内容放在首位。

如今,创作雅俗共赏的曲艺作品越来越难。由于媒介融合和自媒体的发达,大众的审美需求正在发生深刻的变化,每个人都有及时发布信息、传播信息的能力。在这样的文化语境下,有人爱看电视,有人爱读小说,有人喜欢上网,有人爱进影院,可谓"萝卜白菜,各有所爱"。换言之,大众的审美和艺术需求在发生变化。在此意义上,艺术分流、审美分众成为必然趋势。

于是,问题来了:曲艺靠什么样的作品抚慰和感染受众?这无疑给曲艺家、曲艺工作者提出了又一个新课题。面对审美和艺术需求已经分化了的受众,我们必须生产出多种多样的曲艺作品,满足他们多方面的需要。但是,另一方面,在多元化的审美和艺术需求中,不能放逐或悬置了我们民族共同的价值追求。曲艺不能成为市场的奴隶,此乃改革开放后市场经济条件下曲艺发展的关键。当前,我们要在创作思想上强调真善美的统一,努力完成提高和引领受众的任务。马克思在《经济学手稿

（1857—1858 年）》中说:"艺术对象创造出懂得艺术和能够欣赏美的大众。"立足于历史,从现实存在看,马克思的这一观点同样适用于曲艺创作与表演工作。

置身社会转型期,曲艺创作与传播的市场运作机制,使得当前曲艺创作中的问题愈见其多。很多作品为吸引眼球,对社会的假恶丑现象和职场上的钩心斗角等有意无意进行渲染,曲艺作品中展现人性丑陋或低俗的现象时有出现,但弘扬人间大爱,特别是人性真善美的作品则表现乏力。从这个意义上说,我们的曲艺创作与表演亟须重拾真善美,承担价值引领的作用,同时兼顾市场,这样的曲艺生产传播生态才是正常的。曲艺工作者应该承担起引人向上、向善的责任,拿出有人文关怀的、讲述中国故事、演绎中国梦的好作品。竞争不能仅仅看市场指标,不能为了市场利润而善恶不辨、美丑不分。

我们的曲艺事业走到今天,每一个业界人士都应该反思:曲艺创作与演出如何才能步入良性循环? 曲艺供给侧如何才能沿着良性轨道发展繁荣? 对此,曲艺批评应当积极介入,发挥其固有的调节、引导作用。加强和改进新形势下的曲艺批评,不能仅仅依靠专家学者,更应听取广大受众的意见。只有全社会形成良好的舆论氛围,才能推动曲艺的创作生产,使优秀的曲艺作品焕发出持久的生命力。

最后,我要表达对本书作者周思明先生的敬意。作为一位知名文艺评论家,多年来,他先后写作出版了多部文艺评论专著,在《人民日报》《光明日报》《文艺报》《中国艺术报》《中国文艺评论》《中国文学评论》《南方文坛》《名作欣赏》等权威媒体发表了大量文艺评论文章,其中也包括曲艺评论文章。近年,在一些全国性的文艺高峰论坛、曲艺高峰论坛上,我们都曾碰面,并坐在一起进行过面对面的发言和交流。现在他的曲艺评论著作出版,自是一件可喜可贺之事。因此,我很愿意为该书的出版尽一点心意,也希望作者再接再厉,为中国曲艺事业的繁荣发展做出更多贡献。

是为序。

2021 年 9 月于北京

《虎口遐想》三十年

|《虎口遐想三十年》序|

艺术,我打小就"拳打脚踢"地酷爱。那时候,我忙活着哪:演话剧、朗诵、吹笛子、打扬琴、拉手风琴、跳舞、唱歌,学校里演出六个节目,我能上四回台,弄得在学校里当老师的爸爸看着我直犯糊涂,他说:"你算干吗的?"

可是直到说上相声以前,总感到没有出头之日。我总结经验:不是我不行,是我没遇见贵人。

我有贵人相助的艺术人生,是从与师胜杰一起合作说相声开始的。打那时起,人生命运的天平就没平过,一直往我这边倾斜着。马季选我进了北京,李文华屈尊与我合作,央视春节联欢晚会挑我当了个"始作俑者",唐杰忠接班李文华……反正,特顺。但是1986年,一件事发生了,这件事不只是上天对我人生命运的眷顾,更是老天爷"护犊子"般地对我偏心眼儿,就是疼我。应了相声《虎口遐想》那句话:你说攀登珠穆朗玛峰,后边儿跟一大老虎,是不是是个人就上得去啊?

那一年,我认识了大作家谌容。她的《人到中年》把多少老年的、青年的读者看得痛哭流涕。可是,谌容老师对我说:"我还有能逗得你死去活来的小说呢!"于是,我读了她的《减去十岁》。嘿,那绝对是篇相声结构的小说。

《减去十岁》写的是一个"小道消息":听说中国年龄研究会经过两

年的调查研究，又开了三个月的专业会议，起草了一个文件："'文革'十年所耽误的时间应该减去，所有的人年龄减十岁。""文件已经送上去了，马上就要批下来了。"年龄能减去吗？时间能倒流吗？听者竟不管什么荒唐不荒唐，怪诞不怪诞，消息像旋风似的卷了起来，人们奔走相告，欣喜若狂，不同身份和不同年龄的人物，为能"减去十岁"激起了不同的愿望。当然，也有人心里特不是滋味。您想，"文革"十年捞了不少东西的，或者刚爬上去的和马上要退休的，能一个想法吗？这结构绝了，没听详细内容就可乐。

我去谌容老师家，是和陈佩斯一起去的，我们准备相约一起向大作家取取经，谈谈喜剧，接受指导，争取捞点儿"干货"回来搞创作。也别说，听说我们两个要过来，这在他们家成了件大事。谌容的两个儿子早早就到妈妈家等我们了。从打一进门，我和陈佩斯想与大作家"取经交流"的伟大计划就泡汤了。因为在基层单位工会搞宣传的小儿子太喜欢陈佩斯了，他努力地与陈佩斯交谈，介绍他全部的表演技能和伟大的喜剧抱负，三个小时几乎没停嘴，弄得最不愿意搞关系的陈佩斯终于碍着谌容老师的面子答应，怎么着也得给这位小儿子在他的电影里找个"群众甲""群众乙"演演。而我，早就让谌容的大儿子揪到一边劝我："我妈那小说不是相声，她那个太文学，离胡同太远，你得听我的小说，我有写专门研究耗子的，有老太太娶小伙子的，有掉老虎洞里和老虎聊天的……"把我都听晕了！我们在谌容老师家里的三个小时，这位妈妈没说上几句话，全被她的儿子们抢占了"高地"。

但是，这三个小时，我和陈佩斯却都成了大赢家。陈佩斯带走了一个未来的喜剧明星——梁天，而我得到了一个以后为全中国人民制造了那么多欢笑的合作者——梁左。

第二天，梁左给我拿来了他的手稿《虎口余生》。多好的喜剧小说，把我给看哭了！

我太激动了，我特敏感地意识到我人生道路上又一位相助的贵人出现了。我一边反复读他的小说，一边在心底唱"呼儿嗨哟……"

我曾经读过老舍的讽刺小说《取钱》。老舍讽刺中国银行职员那慵懒拖沓的作风，一开头就是："我告诉你，二哥，中国人是伟大的。就拿银行说吧，二哥，中国最小的银行也比外国的好，不冤你。你看，二哥，昨儿个我还在银行里睡了一大觉。这个我告诉你，二哥，在外国银行里就做不到。"写到外国银行效率高，他说："我反倒愣住了，好像忘了点什么。对了，我并没忘了什么，是奇怪洋鬼子干事——况且是堂堂的大银行——为什么这样快？赶丧哪？真他妈的！"

我闭上眼睛念叨："异曲同工呀！"

一位评论家说过这样一段耐人寻味的话："中国人的生活太艰苦又太安逸了，太有秩序又太松弛了，太超然又太沉闷了，太严肃又太滑稽了，应该产生一批像王蒙、谌容这样的幽默作家。"梁左应该就是在这个背景下产生的。但他不是王蒙，不是谌容，也不是老舍，他就是他自己。

那时候我每天非常忙碌，毕竟当了说唱团的第五任团长，是我一天到晚都找不着北的时期。但是俗话说，老天爷饿不死瞎家雀儿。正赶上团里到广州演出，坐火车，不是现在的高铁，是见到大一点儿的车站就停的那种。北京到广州，两天三夜！这老天爷偏心眼儿是偏到家了。我晓行夜不休，除了餐车和厕所哪儿也不去（当然，也没地方去），在没有任何闲杂事务的干扰下，一气呵成，在硬板卧铺上，愣是在巴掌大的小记录本上改编完成了相声，还改了个名字——《虎口遐想》。

利用在广州演出的间隙，我和唐杰忠老师进行了排练。当我们把词儿背熟了，演出队伍已经转战到了湖北武汉。

我的《虎口遐想》处女秀是给湖北省党校学习班的学员和一部分部

队战士演的。在一个体育馆里,一部分观众坐在地上,一部分观众坐在观众席上,人不少。但是,我在这里接受了一通"精神拷打"——观众们当真事听了。从我掉进老虎洞的那一刹那,几乎每个人的神经都紧张起来,眼巴巴地瞪着我。那架势,只要当时有个人大喊一声"共产党员跟我来",现场所有的人,也不管是不是党员,就会一拥而上地把我从演出现场抬走!我的妈哟,甭说观众不乐,那个氛围,连我都不敢乐了。声嘶力竭地演完,掌声还行,不是因为我的相声可乐,是因为我利用"女同志的裙带子和男同志的皮带结成的绳子"爬上来,老虎没吃我,他们为我的"绝处逢生"而感到庆幸。

"你太使劲了,连我听着都害怕!"这是唐杰忠老师给我的评语。

相声好不好,标准只有一个——现场观众乐不乐,认可不认可。光乐了,不认可你的内容,不行;内容主题不错,不可乐,更不行。连马季老师这样的大家,写了那么多段相声的作者,他都说:多棒的、多有经验的演员和作者,也不能保证自己写的包袱准响。响不响,都得在"台上撞",让实践说话。

晚上,我和梁左通了一个电话。

"今天首场,咱们这段相声把我'撞晕了'!"我说。

"是不是特别火?"

没见过这么大松心的!

"什么呀,效果不行!"

"不可能!"梁左不信。

"真的,我也不信,但是效果特差。唐老师说我把劲头使过了,人家当真事听了!"

"你等等,得多想想,老革命遇见新问题了!"

我也不知道他说的"老革命"是谁,我、他、唐杰忠……我和他讲了

多有本事的相声表演艺术家也得"台上撞"的相声包袱规则之后,他说:
"我低估了相声,它和小说不一样……"

回到北京,我和梁左一连几个夜晚都没有睡觉,我一点儿一点儿地找放松的感觉,去表演,"演"一个小学徒工,"演"一个有文化、有抱负、就是没有机会的小青年,"演"一个就像梁天见着陈佩斯那样愿意滔滔不绝表现自己的时代青年。

终于,在首都体育馆的大场地,面对近万名观众,《虎口遐想》登台了! 梁左选了个看得最清楚的地方——主席台第一排正中间的座位——平常大型国际活动国家主席坐的那个位置。相声还没开演,他自己已经乐半天了,因为他从来没坐过那么显耀的位置。

我那天特放松,当时想,别的不说,一定先把梁左逗乐喽! 因为我认定了这个有知识、有幽默感的合作者。大概他也和我心有灵犀一点通,居然在我表演相声的时候,把两只手掌放在脑袋上边,呼呼扇扇地做耳朵扇动状逗我。

演出效果山崩地裂,人们笑得死去活来! 梁左乐呵呵地跑过来向我祝贺,我问他:"你跟我做什么怪相?影响我演出!"他说:"我不知道你看得见我不,想告诉你我在什么地方。"

《虎口遐想》成功了。它在题材构思、人物塑造、语言组合、表达方式、包袱结构上都表现了一种冲破传统手法的创新观念。尤其是在相声业内的影响非同一般。几乎所有的人都有一个从惊讶到欣赏,从质疑到感悟的递进式的思考过程。"没有主题思想""不知道要表达什么""观众从中得到什么教益"这些传统论调,几乎瞬间就湮没在了大家对《虎口遐想》这段相声的手法新颖、语言清新、带有西方"灾难体"题材特点的赞扬声中。

紧接着,我和梁左在一起有点儿搂不住了,呼呼啦啦合作了一系列作品:《电梯奇遇》《着急》《特大新闻》《是我不是我》《自我选择》。过去,《如此照相》《诗、歌与爱情》《我与乘客》《北海游》《想入非非》,这些相声作品都是我一个人写的。自打认识梁左以后,我就彻底失去了"独立作战"的能力,不和梁左商量,我绝不提笔写相声。

记者采访我,我介绍梁左:"我认为他的作品最大的特点就是融戏谑于文学之中。他在北大中文系学的是文学专业,有文学功底;他在北京语言学院当过汉语讲师,又有语言学的知识;他在京郊农村插过队,在中央机关当过干部,有比较丰富的生活阅历;我们结识前他就创作了大量的小说和文学作品,又有扎实的创作基础;他结婚后和爱人、孩子住在北京的一个大杂院里,熟悉百姓的生活和语言。最重要的是,他有幽默感。这些东西结合起来,形成了他的一种独特的创作风格。他的作品是文学和民俗学的合成,应该说是雅俗共赏。他的笔下都是些生活中的小事,但他是用显微镜去看生活中的这些小事,看出这些小事里面蕴含着的人生意味来。荒诞中又有合理,嬉笑中不乏理智。"

作家刘震云则说:"从梁左的作品里可以看出他非常懂中国幽默。他能将一件非常沉痛的事情用幽默和玩笑的口气说出来,让你笑了以后心里又有些难受。因为在这个时候笑就不仅仅是笑了,笑的背后还藏着悲痛和眼泪,我觉得这是幽默的最高境界,这些东西在他设计的情节里比比皆是。他的作品里既有日常生活的情趣性,同时情趣之中又有刀子,一刀刀扎下去又很准确,可以说是刀刀见血。他把中国人在日常生活中司空见惯并忽略了的病灶和病态一笔笔地都挑了出来,甚至玩笑和玩弄得近似刻薄。于是,这个时候,一个严肃和沉默的梁左站在了我们的面前。"

而更多的人认为,梁左首先是站在一个平民的立场上,这种平民的立场表现在讲的故事基本上都是平民老百姓的故事或旧社会的市井故事，大家对此都特别感兴趣。但如果只是把这些故事原封不动地说出来，大家上街随便去看街景就行了，可梁左的创作却在写平民百姓生活的时候加进了很多知识分子的文化元素，正是这种文化元素使这些司空见惯的平民生活得到了升华，这就是这些作品得到很多人喜爱的根本原因。

其实，大家伙儿不知道梁左打小就有"开政治玩笑"的毛病。上大学的时候，当他要和同学交好，与人家套近乎，他就管人家叫"革同"，革命同志的简称；他和谁不对付的时候，他就管人家叫"阶敌"，阶级敌人的简称。所以在他的嘴里经常有这样不伦不类的话语："李革同，你要是不听梁革同的忠告，一意孤行，我不吓唬你，那你就和张阶敌一块儿上独木桥，我们坐独木舟！"

他还告诉我，他曾经给一个脸比较宽的女生起名叫"彩色宽银幕"，后来因为名字太长，没有叫起来。

就是这么一个优秀的、中国百年不遇、几百年才兴许有一个半个的喜剧大家，在他四十四岁的时候，悄悄地告别人世，自己先过去了，提前到了我们都会去的那个地方。

这些年，我一直在琢磨梁左。三年前，他的女儿梁青儿想写一本书，叫《我的陌生父亲》。我给小侄女写道："按说我应该是他最亲密的朋友之一，但是我和他在一起的那些年，万万不会预料到，他平常那些戏谑和开涮的语言居然全演变成了今天的网络语言和时髦的体例。有时候猛然发现，现在的一些流行语居然是梁左十几年前的老话儿。这一下子让我感到与梁左陌生起来……他怎么有能让十几年后的人们说出他十几年前的话的能力和本领？他是什么人？他有怎样的内心？"我期待着梁青儿对梁左的找寻，能回答我这些年来萦绕在心头的迷惑。

这个时候，我的女儿也从海外游学归来，回到我的身边。她对娱乐管理有所偏好。她和我说："你每天演出,零打碎敲,应景之作,命题作文,一天到晚忙得不可开交,可回过头来一看,一无所有。你过去有那么多好作品,你不应该这样。你应该有一场属于你自己的'秀'——专场!要不,浑浑噩噩,你这辈子就完了,什么都不是!"

只有亲生女儿能够这样数落"著名相声表演艺术家"呀!

我接受了"秀"的概念,女儿和我一起研究怎么创作专场"秀"。

大型相声秀《姜昆"说"相声》诞生了。它由"和李文华说相声""和唐杰忠说相声""和80后、90后说相声""世纪颂歌"四个部分组成。其中第三部分,我们就定下来要重新演绎《虎口遐想》这个经典作品。

一个是三十年前的《虎口遐想》,一个是三十年后的《新虎口遐想》。

三十年前,正统的太多,社会呼唤娱乐精神,于是无厘头大受欢迎,《虎口遐想》应运而生。

可今天,正儿八经的相声不行了,现在的相声已经被大量的无厘头喜剧、小品,甚至活报剧的形式取代了。高速发展的社会,坐在观众席里的大部分是蓝领、白领,他们每天的压力太大,他们需要在这里放松,他们不愿意在业余时间里还玩命地"动脑筋"。歌曲《时间都去哪儿了》、神曲《感觉身体被掏空》都是现实生活的写照。现在,娱乐产品的消费者正在用情节虚构的电影,虚假误会情节的外壳加生硬煽情的小品,以打闹、嬉戏、出丑、搞笑吸引眼球的真人秀等娱乐产品来填补身体里被掏空的那部分。更让人不解的是,我们的主流媒体对这些也趋之若鹜。春节联欢晚会为了迎合年轻人而努力地改革,尽量"新",不能"老"。努力的成果是:老的全不顾,走了;新的没拢住,没来。我们的快乐不能依赖于对现实的遗忘呀。搞笑的人,从卓别林那儿就没有离开过生活呀!我们相声不能在娱乐成为一种文化精神的时候失去自我呀!

话题有点儿远,但是我确实是一遍一遍地在想,我忽然有了一种感觉,新的《虎口遐想》应该有一种回归,要拿起过去创作的笔,找一种回家的感觉。

过去《虎口遐想》里的内容,现在有相当一部分人已经听不懂了。三十年前的生活符号,早已经随着岁月消失在流逝的光阴里。

过去,"拍个老虎吃人的片子卖给外国人赚点儿外汇,也算哥们儿临死以前为'七五'计划做点儿贡献"。现在,中国外汇储备多得能把美国人急得直嘬牙花子:中国人这是干吗呀?把美国买空喽,让我们到北上广打工去?

过去,"动物园附近怎么连公用电话都没有,这要是第三次世界大战打起来,我们这通信设备应付得了吗?"现在,恐怕所有的人都忘了,公用电话长什么样啊?为什么不用手机呀?

过去、过去、过去,现在、现在、现在……

写相声就得去讽刺。一动脑子,现在,公共道德的缺失、网络经济的无孔不入、移动互联网挤占生活空间、食品安全问题、环境污染、腐败风气,这些现实素材与大数据时代的社会符号混杂在一起,一下子冲到了我与合作创作者的眼前。

一个多月,我和助手秦教授把稿子写出来了!

对于我这样的老同志,写得痛快,有点儿无拘无束;排起来也顺利,毕竟三十年前的人物形象还深深地刻在脑海里。可是,一在舞台上立起来,演出效果一好,大家一呼"过瘾",相当一部分观众不但笑,还引起了沉思,流出了眼泪,倒让我"私心杂念"剧增,"狠斗私字一闪念""灵魂深处闹革命"的那股劲儿不知道从哪儿出现了。我居然有点儿怕给我们"四十年改革开放的大好形势"抹黑了。

头几场演出,我认真地听取了来自各方面的反映。

网友"杏林中人"在网上以"和同龄人说说今晚看姜昆相声的感受"

为题写道："很久没这么开心了！今晚看了姜昆的相声表演，以前那种看相声时的快乐、激动、兴奋的感觉又回来了。曾几何时，相声作为主要的文化娱乐形式流行一时，我们的童年、少年、青年时代都是伴随着相声长大的，侯宝林、马季、姜昆等人的相声曾经带给了我们很多很多的快乐。可改革开放以后，文艺界百花齐放，相声作为一种传统的艺术形式，由于缺乏创新，表演形式过于单调，所以渐渐地被湮没在这百花齐放的花丛之中，影响力越来越小，以至于现在有些年轻人都不知道相声是什么，而我自己也已经很久没有看相声了，怕看了以后不但得不到想象中的快乐，而且还会影响相声存留在我脑海中的美好形象。可今天看了姜昆的表演后，它让我觉得这种担心是多余的，让我重新燃起了对相声的热爱，感觉好像重新和初恋情人谈了一回恋爱，而且现在的这位初恋情人比当年更年轻、更妩媚、更动人。我觉得把今天姜昆对相声形式的改变形容成相声界的一次革命一点儿也不为过。这种利用大屏幕作为场景、铺垫和桥梁的新型表演形式有情有景、简单直白、转切迅速，有怀旧更有创新。由于编排构思新颖巧妙，所以怀旧不显得枯燥，同时创新中也还能找到旧时的影子，《虎口遐想》以全新的面貌呈现，又回来了。总之，看了今天的表演我笑了，笑得是那么的开心。而且据我所知，今天每个看表演的人都有和我同样的感受。我觉得相声重新变得好看了！虽然今天的文艺界依然是百花盛开，但姜昆的新相声无疑是百花丛中非常华丽亮眼的那一朵。希望我们以后还能继续在这种新相声中延续以前看相声时的快乐、激动和兴奋，让相声带给我们的美好能够真真切切地伴随我们度过人生的每一个阶段。"这是一位医生，同时也是一位海外游子的反馈。

"一段《新虎口遐想》，让我数度落泪，让我感到我老了，我觉得昨天的事，姜昆告诉我已经过去三十年了！时光好快呀，我身边一排四十岁以上的观众都和我一样,时而扑哧一笑,时而泪眼婆娑。我们从姜昆的相声里去回忆,去追寻,去试图留住那难忘的,却又一去不复返的美好记忆。在漫长的人生岁月里,大浪淘尽了许多记忆,但是,在我们这一代人心中,在我们曲折而不易的人生旅途上,相声《虎口遐想》是一个永远也忘却不了的欢乐。"这是一位资深幽默人士写下的感想。

影视演员袁茵跟我说:"昆哥,你看过英国电视剧《黑镜》吗?其中有一集写英国社会的冷漠,讲现实中的多媒体如何造成和影响了网民社会伦理道德的缺失。网络社交平台上的红人、英国公主苏珊娜被绑架,绑匪的要求居然是首相必须在当天下午四点和一头猪做爱,并现场直播给全世界,否则公主就将被杀害。由于网络社交平台上的广泛传播,公众很快就知晓了一切。虽然政府下了禁止媒体报道的命令,但精明的媒体还是通过贿赂色诱内阁官员推出了这一突发新闻。另一方面,首相办公室策划找人代替首相,却被一名现场工作人员在网上发布消息给搅黄。全社会都在看笑话,媒体都在想办法得到直播权。最后公众也发现自己所围观的笑话其实更像一场悲剧。出乎意料的是,在首相被直播前半小时公主已经被释放了,而当时大家都在围观首相的笑话,居然无人发现——绑匪已经上吊自杀了。太讽刺了!当你的《新虎口遐想》第一句'三十年后,我又掉下去了,来的人不少,我看,怎么没人解皮带呀?全拿手机给我拍照呢'一出来,我就想到了英国这个作品的情节。人类社会的发展一定要呼唤人们本性的回归,不能让现代技术吞噬了传统理念……"她听了我一句,说了这么多。

2015年,央视春节联欢晚会希望看一下我这个已经演了几十场的《新虎口遐想》,我拒绝了。我有点儿矛盾,我当时对媒体有点儿失去信心,也怕他们审查,让我改掉我一点点积累的,在《新虎口遐想》里反映的社会现实:年轻人不敢救老头儿,媒体现场直播搞有奖问答,自媒体娱乐至上,"专家"不负责任地盲目指导,食品安全感差,动物园园长被"双规"……我才不干呢!

三十年前的《虎口遐想》是从现实到浪漫,三十年后的《新虎口遐想》却从浪漫回到了现实。这不是我们的刻意,而是生活的逻辑……

2016 年年底,央视春节联欢晚会又一次邀请了我。我看到前一年相声在这块阵地上的"大崩盘",想到几十场观众对我的希望,我听从了很多人的劝告,毅然决然地走上了三十年前曾经给观众演绎过在老虎洞里如何"遐想"的舞台。所幸的是,这个特殊舞台和亿万观众依然热情地拥抱并肯定了我们的努力。我想,这与其说是命运对我始终执着于相声艺术的一份回馈,莫若说是时代和人心对真正优秀的相声节目的又一次回应与确证!

2017 年 6 月 26 日

喜见相声露春颜

|《全国(天津)相声新作品大赛入围作品集》前言|

　　相声逗大家伙儿笑、招乐。相声或讽刺,或鞭挞,或歌颂,或褒扬,说的都是老百姓喜闻乐见的事情。相声演出简便,也没什么道具,单口一个人,对口两个人,群口不过三四个人,上台就说,雅俗共赏,一语既出,即刻轰然。正因为有了这些其他艺术形式所无法比拟的特点,所以,相声艺术也就成为不同阶层、不同层次的广大观众所喜闻乐见,也是最为熟悉的曲艺形式。相声自诞生以来,就成为拥有最庞大观众群的艺术形式之一。此外,相声是曲艺中的一个曲种。众所周知,曲艺几百个曲种,而在曲艺的大范畴中,唯有相声能够多年占领央视春节晚会的一席之地,并且是观众爱看的主打节目。相声之所以能够常演不衰,不能不承认,主要是因为它给大家送去欢乐。当然,更为重要的是相声在不同的历史时期以招笑、逗乐的手段,充分地发挥了娱乐、教育、审美等多项功能,完成了一种舞台演出形式自身所担负的使命。

　　然而,我们也应该尊重一个事实,一个不争的事实——虽然今日的相声艺术仍有一个庞大的观众群体,但已经没有了20世纪三四十年代,中华人民共和国成立后乃至“文革”结束后几个历史阶段的火爆现象。究其原因,应该说是多方面的,如受到了电视剧、小品、流行音乐等其他艺术形式的冲击。但不能否认这些方面毕竟是外因,其中一个重要的原因是在我们相声自身:极少有好作品出现。如同戏剧一样,剧本乃一剧之本,而相声作品对于相声来说也是至关重要的。尽管相声有"人保活"一说不无道理,但遗憾的是今日的多元文化竞争的舞台,拼实力求市场的现实和挑剔的观众早已经把偶像扁平化,有好东西把你捧上天,一不满足马上弃你而去,也因此,相对来说"活保人"就被推上了重要位置。毋庸置疑,欲使相声再创辉煌,必须要有优秀作品出现,而且要不断出现。为此,中共天津市委宣传部、中国曲艺家协会主办,天津市文学艺术界联合会、今晚传媒集团、天津市曲艺家协会、中国曲艺家协会相声艺术委员会承办了"全国(天津)相声新作品大赛"。这个比赛让人非常振奋,距离大赛征稿结束还有整整一个月的时候,组委会已收到了来自全国近二十个省、自治区、直辖市及海外的参赛稿件六百多篇。由此可见,相声艺术仍为广大群众所喜爱,并身体力行,积极参与。来稿者既有专业相声工作者、相声名家,也有业余相声作者。一位已八十八岁高龄的著名民俗专家得知大赛消息,辛勤笔耕出了三部作品,让已逾花甲之年的儿子将作品送到大赛办公室,着实令人感动。

看参赛的作品,题材非常广泛,几乎涉及了社会和人们日常生活中的方方面面。而且,如北京奥运、"神七"飞天、汶川地震等重大题材,也以相声为载体反映出来。再有,单口、对口、群口、相声剧,形式多种多样。当然,从作品的质量上看,参差不齐,这是极为正常的。然而,可喜的是大赛组委会请来了多位专家参与阅稿,而专家们本着公正、公平、公开的原则,对新老作者一视同仁,以作品质量为入围的唯一标准。知晓这一情况,我颇为欣喜。又得知组委会做出一惊人决定,将全部入围作品结集出版。征稿尚未结束,第一部入围作品集子已经付梓,即将面世。以此也可看出大赛组委会对作者们的尊重, 对作者们创作所付出的努力给予了回报。这一举动,既为业余演员提供了演出脚本,也为专业相声工作者提供了许多作品创作的素材,一部质量不算高的作品,经过他们的加工,也往往会点石成金,成为优秀作品。有了主办者和广大作者们的共同努力,完全相信"全国(天津)相声新作品大赛"一定会有不少优秀的作品出现,也一定会把相声创作推向一个新的高潮。请相声作家和演员们一起来读读这个集子吧,天津作为中国相声的发源地,在共和国六十年生日即将到来的日子里,又为相声事业做了一件大事情,我和我的同人一起为你们叫好!

2009 年 5 月 1 日

曲苑奇葩

蒋慧明和她的曲艺情结

|《蒋慧明曲艺论文集》序|

曲艺人要学会创造自我价值。我这句话是建立在曲艺艺术在一般大众心中的位置和社会对待曲艺的态度之上说的。

我佩服在任何情况下都对曲艺艺术怀有深情厚谊和从一而终精神的人,蒋慧明就是这样的一位年轻人。

她是我带的第一位研究生。我只是大专毕业,其实是没有资格带研究生的。但是国家考虑到我在"文革"期间荒废学业多年的客观事实,没太挑剔我,让我担任了三年中国艺术研究院曲艺研究所所长,所以,我忝列中国艺术研究院研究生院硕士生导师的行列。也得感谢蔡源莉副所长,是她建议与我共同带这个研究生的,所以,我有了这个学生。

蒋慧明是个忠于曲艺事业的年轻人,她对曲艺很执着,她在从事了多年曲艺专业创作之后,报考了艺术研究的高等学府,学成后又留院工作,与一大批多年"两袖清风,一生清贫"的学者为伍,一心一意地对曲艺舞台进行观摩,实现她潜心研究中国民间说唱艺术的人生目标。

2006 年,她以一个年轻学者的身份获得了中国曲艺最高奖项——牡丹奖。当她拿起奖杯的时候,我想:这奖对她意味着什么呢?是褒奖,是鼓励?是鞭策,是回报?是疼爱,是珍惜?也许都在其中。如大海般的曲艺大舞台,行走的不都是巨轮,大多数是风帆小艇、单桨孤舟。能够在这舞台之下，环顾汪洋里寻找线索为航行者指点迷津的队伍人员少得可怜，全国屈指可数。可蒋慧明这瘦弱的小女子，愿意在这支队伍里，在浩瀚的水域一试深浅，精神实可赞许！

书归正传，还是说说手头这本蒋慧明近十年来发表过的曲艺文章汇成的集子。这些文章我基本上都在第一时间阅读过。她平常的话不多，但在专业研究方面却十分勤奋，始终以饱满的热情和理性的思考关注曲艺动态，坚持观摩大量现场演出，力求掌握更多的第一手资料。她跟我说过：希望自己能够坚持以"专业的学术内容，通俗的文字呈现"的方式，来完成对曲艺史论的研究，以期引起不同层次的读者对曲艺的关注。看得出来，她一直在朝着这个方向努力。她的文章虽然字数不多，但大都观点鲜明，有的放矢，有理有据，不说空话套话，也不人云亦云，尤其针对一些热点话题，往往能够找准问题的本质，阐发自己独到的见解。

现在是一个规模化的时代，更是一个快节奏的时代。曲艺的弱小，表演形式的陈旧，应该让我们对自己钟爱的艺术门类有一个清醒的认识：没有创新就没有进步，没有创新就没有发展。舞台上的从业者，往往愿意沉醉于一时的喧嚣和掌声中，我们需要智者的思考来为我们把脉；我们需要有一批宣传者去宣传我们中国曲艺艺术的厚重和民间艺术的伟大；我们更需要一批踏实肯干的曲艺专家以时代同行者的身份与时代的年轻人对话，并一起去探讨曲艺光明的未来。

这些年来，我们一直在着手发掘、培养曲艺的后备力量，希望能为曲艺队伍增添更多新鲜血液。如今，在青年曲艺理论工作者中，蒋慧明已是小有影响。在她之后，相继又有几位年轻人考取了曲艺理论方向的硕士、博士，使得曲艺理论队伍的年龄结构终于开始走向年轻化，这令我们这些从业多年的老曲艺人倍感欣慰。

我愿意看到这个队伍的壮大，更愿意看到这个队伍的人以对事业的忠诚和与时代并行的精神去创造人生的自我价值。

2010 年 3 月 28 日

竹板声声,天籁之音

|《中国快板精品选》代序言|

　　得知中国快板艺术委员会编纂《中国快板精品选》一书,我十分欣喜。因为我喜爱快板书艺术。

　　早在"文革"之前,也就是在我的中学时代,只要打开收音机,随时都能听到竹板的"呱嗒"声,而这种清脆的声音就是演员的演唱伴奏。一副竹板,一个演员就能够声情并茂、绘声绘色地演绎出一段段精彩的故事,塑造出一个个栩栩如生的人物形象,这就是快板书。作为曲艺中的一个曲种,快板书如同相声一样,紧紧地抓住了我的心。从此,凡是哪儿有快板响,或是隔壁的收音机匣子,或是前楼旧唱机传来,或是学校里的宣传队在排练节目,都能把我的耳朵拽进去,让我大饱耳福。自然而然,李润杰、高凤山、王凤山这三位快板书表演艺术家的名字,以及《劫刑车》《抗洪凯歌》《双锁山》等脍炙人口的经典作品,也就留在了我的脑海里,至今挥之不去。今天《中国快板精品选》的主编请我为书作序,我勉为其难了,因为我毕竟不是快板书的行家。经过思考,我觉得凭借我对快板书艺术的喜爱,又在中国曲艺家协会工作,在其位,谋其政,所以就义不容辞,欣然受命。

　　中国曲艺是国粹艺术,民族瑰宝。其历史悠久,源远流长,曲种众多。又因为她是土生土长的民间艺术,犹如祖国的每一寸土地上都能长出小花小草,烂漫、芬芳,所以她也曾拥有其他艺术形式所无法比拟的一个巨大的受众群。然而,优胜劣汰,适者生存,在如唐、宋、元、明、清历朝历代盛行的"转变""银字儿""诸宫调""琵琶词""滩簧"等许多曲种,今日已不复存在,这是历史发展的必然。今日仍活跃在舞台上的一些曲种,如相声、评书、京韵大鼓、单弦、二人转及南方的弹词、评话等曲种也有近百年甚至更长时间的历史。快板书与之相比,诞生很晚,只有半个世纪,是1949年后诞生的一个新曲种。

1952年,对数来宝表演驾轻就熟的李润杰老师,尽管喜爱数来宝,但也深知该曲种极少故事,难以塑造人物的缺憾。于是他立志改革,在数来宝的基础上,广采博收,从相声、评书、山东快书、西河大鼓等曲种中汲取优长,在板点儿、句式、唱法上给予创新和发展。经过近三年的努力,一个新的曲种——快板书终于诞生了。当时,在天津随处可听到竹板声,学习、演唱者众。在短短的几年内,这个新曲种迅速传遍全国,在许多的专业曲艺演出团体里都有了快板书演员,足见该曲种受欢迎的程度。快板书曲种问世,李润杰老师功不可没。

我之所以提到快板书的出现及影响,是因为阅读该书稿,看到快板书作品在本书中占了很大比重,有五十篇之多。

在一般情况下,一个旧的曲种经过改革和创新,往往能孕育出一个崭新的曲种,而旧的曲种就会被送进曲艺艺术的博物馆了,例如京韵大鼓来源于木板大鼓,河南坠子来源于莺歌柳书和道情书,此类例子不胜枚举。然而,可喜的是快板书艺术诞生了,而她的基础曲种数来宝至今仍活跃在舞台上。究其原因,因为一些快板艺术家,如朱光斗、刘学智等人,也在积极地为数来宝的改革、出新、创新努力着。他们在数来宝曲种的基本特征上,摒弃了旧社会的数来宝给观众所留下的"贫""油"的感觉,加强表演性,创作出一批批符合时代要求的新作品。因此,该曲种才能得以保留,并很受欢迎。出现这种情况,在中国曲艺史上是罕见的。该书精选了二十一篇数来宝作品，我认为也在情理之中。

陈云同志提出曲艺艺术要"出人、出书、走正路"。其中的"出书"就是号召广大曲艺工作者要积极创作新作品。中华人民共和国成立后，曲艺艺术被誉为"文艺轻骑兵"，之所以有此盛誉，是因为除了表演简便，曲艺还能迅速反映现实生活，新作品问世快，最贴近时代的脉搏。在这方面，李润杰老师便是杰出的代表。他不断地深入生活，广泛搜集创作素材，共创作了一百多篇快板书作品。尤为可贵的是当社会上出现了英雄人物、先进人物，如雷锋、王杰、门合、欧阳海、麦贤德、蔡永祥、王进喜、焦裕禄……他无一落下，都迅速地创作出了热情歌颂的作品，并很快出现在舞台上，为众多英雄事迹的传播，起到了巨大的促进作用。

中国的快板书、数来宝有一支实力极强的创作队伍，如李润杰、高凤山、刘学智、朱光斗、朱学颖、张昆吾、王印权、常志、王秀春、宋勇……众多的作家与时俱进，紧紧抓住"三贴近"的原则，创作出了大量反映时代精神的优秀作品。他们的作品不但能给观众以艺术的美的享受，并且起到了教育人民热爱祖国，热爱共产党，维护民族团结，提倡社会诚信，歌颂纯洁爱情，敦促遵纪守法，批判和鞭挞邪恶等方面的重要作用。该书所精选的作品就是最有说服力的印证。而正是因为有着优秀作品的强大支撑，再加上张志宽、王印权、梁厚民、王学义、叶茂昌、王双福等表演艺术家仍活跃在快板舞台上，才使得快板艺术继续走着改革、创新的道路，并培养了大量的接班人，保障了快板艺术的繁荣。自1997年至今，在短短的六年时间内，先后举办了三届全国性的快板大赛，是最有力的说明。

曲艺艺术要发展，要繁荣，要创造新的辉煌，是以邓小平理论和"三个代表"重要思想为指导，坚持为人民服务，为社会主义服务的方向和百花齐放、百家争鸣的方针，围绕"大曲艺"的思路，用新作品、新面孔、新形式来塑造时代特色的新曲艺艺术形象，把握时代脉搏，推出新人新作，弘扬民族优秀文化,为构建和谐社会,促进社会主义先进文化的蓬勃发展发挥重要作用。在这方面,快板艺术做出了一定的贡献。

竹板声声,天籁之音。我祝愿快板艺术之花,常开不谢。

2005 年

快板大师高凤山

|《高凤山》序|

　　高凤山先生是我非常崇敬的快板表演艺术家,他的"高派"快板艺术以其高亢清脆的声音、明快流畅的节奏、感情充沛的表演等特点深受观众喜爱。如果写一本快板艺术史,其中必然会有高凤山的名字;如果编一套快板理论著作,高凤山也一定会名列其中。只要提起快板,大家肯定会想到快板艺术的三位大师——高凤山、王凤山、李润杰。三位老先生经过长期的艺术实践和经验总结,逐渐形成了自己独特的表演风格和艺术特点,同时三位艺术家带有自身鲜明印迹的三种不同唱法,也引领和带动了快板艺术的发展方向。他们超群的艺术素养和艺术造诣为后辈留下了许多历久不衰的经典作品和教科书式的表演示范,也为后来者不断效法和尊崇。

　　西方有句谚语:罗马不是一天建成的。所有的功成名就都和努力与坚持密不可分,高凤山也是如此。他自幼失去父母亲人,孤身一人跟随着师父曹麻子卖艺乞讨于北京天桥一带。老北京的天桥是一个神奇的地方,也是所有曲艺人心中的圣地,从这里走出的艺术家不计其数。高凤山从小就在这个"曲艺窝子"里摸爬滚打,加上天资聪慧、才智过人,逐渐形成了自己的一套表演体系。他第一个把旧社会数来宝"半跪式"表演创新为"站立式"表演。不要小看这表演姿势上的小小变化,它足以改变整个数来宝艺术形式的发展走向。在旧社会常常作为乞讨手段的数来宝,终于在高凤山这一代"挺起脊梁,正面视人",预示着这门古老的艺术终将迈开大步,闯出属于自己的一片天地。

以高凤山、侯宝林、高元钧、关学增等为代表的这一代艺人,说不清是他们创造了时代,还是时代选择了他们。我们只知道,在时代赋予这些前辈机会的时候,他们都自觉而又坚定地担负起了规范、净化、推动、提高本曲种的重任,从而使过去只能算作下九流的什样杂耍,在中华人民共和国成立后,登堂入室,自信又自豪地步入了艺术殿堂。没人再把这些形式轻蔑地叫作"玩意儿",而统一称为"曲艺"。

中国的曲艺工作者,其实有一个传统:我们的事业,跟我们的祖国、我们的人民是紧紧联系在一起的,那是血和肉的关系!以高凤山为例,他是从旧社会的泥沼中挣扎出来的艺人,吃过黄连苦,才知蜜糖甜。中华人民共和国成立之初,曲艺艺人的地位得到了空前的肯定和提高,让高凤山第一次体会到当家做主的幸福感。然而此时的相声却面临着生死存亡的忧患。为了拯救这棵刚刚破土而出的新苗,从业者们自发地成立了"相声改进小组",编演新曲目,净化作品语言,规范舞台表演。高凤山是"相声改进小组"十一个发起人之一。随后他积极参加了第一届赴朝慰问团,在炮火纷飞的朝鲜战场上慰问最可爱的人。而就在这次慰问中,高凤山的同行,也是他一直视为艺术上追赶对象的相声名家常宝堃,献出了自己年仅二十九岁的生命。高凤山又一次感受到个人命运和国家命运的紧密联系。后来,他先后被任命为北京曲艺三团团长和北京曲艺团团长,为发展曲艺艺术做出了应有的贡献。

看,这就是他们那一代曲艺家的命运,无时无刻不把自己和国家相互关联在一起并永远"纠缠不清"。然而,再看当下的年轻人,确实有些人已经偏离了轨道,娱乐圈乱象频出,失德失范现象屡见不鲜。所以,在整个行业都在全面加强职业道德和行风建设时,我建议同行朋友们都来看看这本《高凤山》。

这本书梳理了高凤山从出生到 20 世纪 60 年代的人生传奇故事，在历史真实的基础上，进行了加工再创作，为我们呈现了一个有血有肉的快板大师形象。是什么让一个穷苦孩子逆袭成功，成长为一名艺术家？又是什么让他在几次面临生死抉择时，毅然决然地选择坚守？是什么让他执着于心中的目标，又是什么让他始终心怀感恩、无私回报观众？对于迷茫中的年轻人来说，也许这本书中没有给出具体答案，但真心希望你能从一代快板大师成长的历程中得到启发。我常说，艺术家和年轻人的眼前要有四盏灯：第一盏是方向，第二盏是标准，第三盏是责任，第四盏是底线。希望所有曲艺工作者都能认清方向，达到标准，勇担责任，守住底线。

以上，与大家共勉。

2021 年 10 月

为快板艺术加油助威

世儒说他又写了一本书,叫《快板演唱的研究与探讨》。我听说后真的替他高兴,也替快板艺术高兴。

一提到快板,大概多少都能勾起您一些美好的回忆。李润杰的《劫刑车》:"华蓥山,巍峨耸立万丈多……"梁厚民的《奇袭白虎团》:"在1953年,美帝的和谈阴谋被揭穿……"这些脍炙人口的名段曾经传遍了大街小巷。每家每户的收音机里时不时地都会传出清脆的快板声。那时候的快板就像现在的流行歌曲一样,好听极了,每个人都能随口唱上几句。

快板以前叫"数来宝",它的历史比相声还要长。过去的人们没把它当艺术,都说唱数来宝的是"臭要饭的",甚至到了21世纪的今天,还有人这样信口胡说。不错,数来宝确实起源于沿街乞讨,但是经过数百年的发展,特别是中华人民共和国成立以后,经过李润杰、高凤山、王凤山等一批具有代表性的老艺术家们地推动和传承,数来宝已经成为中国曲艺的一个种类,演变成了熠熠生辉的舞台艺术。观众会从快板艺术合辙押韵的演唱中品味出它的独特韵味,也会从快板艺术带有节奏的表演中,感受到它的艺术之美。李润杰先生在《抗洪凯歌》中有这样一段唱词:

第一次洪峰正作乱,

第二次特大洪峰又来窜犯,

它来得猛，快似箭，

它一心要把天津漫。

它要把天津都走遍，

它要到市里看一看，

它要到街上转一转，

它要到胡同串一串，

它要把工厂机器涮一涮，

它要把自来水给换一换，

它要到三楼顶上站一站，

这特大的洪峰要把天津灌。

听！这是多么生动的语言，多么形象的比喻！快板艺术完全脱离了旧社会乞讨卖艺的束缚，破茧成蝶，演化为集文学性、知识性、趣味性为一体的深受广大人民群众喜爱的一门表演艺术。

但是，随着时代的发展，娱乐形式多样化地冲击，快板艺术似乎不再那么被广泛关注了。对此，有责任感的快板艺术家们并没有放弃，他们在进行着各种尝试和努力，希望快板艺术能够重现辉煌。

世儒就是其中之一。

他是一个有心人。2006 年他团结起分散在北京各个公园里"玩板儿"的板友们，创立了"北京快板沙龙"。这在当时绝对是全国第一家，别无分号。在操持"北京快板沙龙"的过程中，困难和艰辛是在所难免的，甚至是无法向外人言说的。但是他坚持下来了，这一坚持就坚持了十二年。我曾去过快板沙龙的现场，被板友们的热情深深地感染。就冲这份热情，我相信他还会一直坚持下去。

他又是一个刻苦的人。2010 年的牡丹奖评比中，他以一段快板书

《闯宫》一鸣惊人，获得表演奖。在这之前，甚至很少有人听说过"李世儒"这个名字。但是成绩不是凭空掉下来的，必然是多年勤奋和努力的结果，同时也是多年的艺术沉淀和思考所收到的质变效果。

他还是一个有责任感的人。他是国家级非物质文化遗产数来宝的传承人，因此，他的身上就多了一份传承和推广的责任。除了创办"北京快板沙龙"和承办"京津冀快板邀请赛"，著书立说也成为他的重要工作。多年前他就执笔出版过一本《从零起步学快板》，为快板艺术的普及起到了推动作用。这次，他出版的《快板演唱的研究与探讨》，是在第一本书的基础上，对快板进行了更深入的解析。于板友，是快板技能进阶和提高的必读教材；于自己，是对几十年来钻研快板艺术的归纳和总结；于快板艺术，是一本值得一读的理论汇总和可以反复研习的快板教程。

一直以来，快板艺术的理论文章和书籍少之又少，专门从事快板理论研究的人更是凤毛麟角。《快板演唱的研究与探讨》既可以提高读者对快板的认知和技艺，也能从中读到作者对快板艺术的心得和思考。世儒让我为这本书作序，我是非常愿意的，我愿意为所有为曲艺事业做出贡献的艺术家加油助威。

2019 年 2 月

我的第五个心愿

|《中国传统二人转大全》序|

出版《中国传统二人转大全》，是我由来已久的夙愿。

我之所以喜欢二人转、热爱二人转，与二人转有着不解之缘，并非因为我爱人从事二人转表演，我爱屋及乌，主要是二人转这一曲种非比寻常的魅力深深感染了我，激发了我，让我不能不为它出一份力，尽一份爱。

在此之前，我先后参与了《中国传统相声大全》《中国传统山东快书大全》《中国传统西河大鼓大全》《中国传统京韵大鼓大全》四套丛书的编撰及出版工作。在组织出版它们的同时，我已经开始运筹这部《中国传统二人转大全》的编撰工作了。

我把这一计划，同中国曲艺家协会副主席、辽宁省文联党组副书记、辽宁省文联副主席崔凯先生谈了之后，想不到他也早有此意，在此之前，他花费不少心血进行过二人转传统曲目的挖掘、编撰的组织工作，看来我们是不谋而合了。

在辽宁曲艺界，二人转、小品、相声的创作和表演在全国都名列前茅，这与身为辽宁省曲艺家协会副主席的崔凯先生的努力是分不开的。所以，由他同我一起负责《中国传统二人转大全》的出版工作，一定会驾轻就熟，事半功倍。

据有关专家介绍，有史料考证的二人转大约已有三百年的历史。当时东北地区生态环境恶劣，当地农民出身的艺人综合了东北民歌、秧歌，又借鉴戏曲、说唱等艺术形式，创造了这种"苦中作乐"的说唱艺术。他们借用了老平戏及"大口落子"的俗称，管它叫"蹦蹦戏"，很像流浪的吉卜赛人的大篷车艺术那样，是个"游走"的艺术。也就是在"游走"中，这种正生长发育的二人转又吸取了冀东莲花落、什不闲、蹦蹦戏里的牌子曲等许多艺术种类的精华，丰富了自身的艺术内涵。

到20世纪40年代，这种曲种进入艺术成熟期，积累了上百段曲目，形成了以"演人物又不扮人物"为核心的表演形态。由于二人转艺人早就对"蹦蹦"这一称谓耿耿于怀，中华人民共和国成立后，东北三省曲艺界达成共识，把双人表演的蹦蹦戏和单出头、拉场戏统称为"东北二人转"。

自从赵本山的《刘老根》电视剧以及"刘老根二人转大舞台"在大千世界亮相之后，二人转这门独特的艺术门类，在广大人民的心目中，威望也越来越高，其势态已经到了发荣滋长，莫此为甚，一发不可收拾的地步了。

不过，在一片赞扬之外，也有一些持不同意见者，他们普遍认为，现在的二人转同过去的二人转相比，已经面目全非了。过去的二人转讲究的五功八法，样样俱佳，现在的二人转是说口、通俗歌曲、杂耍等一锅烩，原二人转的九腔十八调七十二咳咳听不到了，三场舞，扇子功，手绢功也不常见了。他们认为，上述种种都是二人转的精华，不可轻易抛弃老祖宗留下的东西……

二人转是多种艺术之长的组合，赵本山"绿色二人转"现象的爆现，无非是突出了二人转中的丑角艺术，没有谁说它就是不折不扣、原汁原味的二人转，不过他的改革，得到了亿万观众的认可、喜欢和拥护，也是个事实。

不能不承认,在推进二人转艺术的发展上,赵本山开了个好头。本着百花齐放、百家争鸣的方针,他为二人转的生存出了很大力气,取得了显著的社会效果,其作用对于二人转来说具有历史意义,这些评价,他当之无愧。

但是不能不看到,在东北部分城市里出现了一些以市民观众为主体的艺术团体,由于他们主要在茶社或者小剧场演出,被称为茶社或小剧场二人转。自产生以来,专业人士对其往往褒少贬多,因为一些表演低俗,演员在舞台上打情骂俏,"荤段子"成为常见的点缀,所以茶社二人转被一些业内人士所不齿,认为它是不入流的表演。

有专家指出,真正民间传统二人转不要成为一种尘封的历史,为了长久地保持生机,如今专业二人转开始"寻根",试图觅回原始的乡土芬芳。不少小剧场二人转的民间表演团体也开始在舞台净化上下苦功夫,有志于清除自身的"枯枝败叶"。专家认为,不管主观上是否认可,双方彼此借鉴是必然的选择。

我们出版这套《中国传统二人转大全》,旨在把前人留下的这一珍贵的非物质文化遗产,经过通盘计划、网罗宏富,然后分门别类,把他们排列成文、编辑成册,一方面珍藏密检、上架入库,同时也为了把那些被投闲置散、束之高阁的宝藏,经过加工整理后,让二人转发扬光大,更好地服务于人民、服务于社会,把二人转的惊人魅力全方位地展现出来,给人们提供多方视角。

这部集子里编辑的二人转段子虽然写的是传统,但不全是1949年前的作品,其中有相当一部分是在中华人民共和国成立后不久,由专业作家、演员、导演、作曲、舞美设计等专家按照当代艺术美学思想对传统二人转的剧目和表演进行系统整理,并对文学性、艺术性加以提高,创作出的一大批可以和传统剧目媲美的优秀新编曲目。

二人转的传统曲目很多,其中有影响的,像《西厢》《蓝桥》《马寡妇开店》等一些经典唱段知音者众,至于那些没被挖掘出来的,或者挖掘出来未经整理的,或有待整理的曲目就更指不胜屈了。

书名叫《中国传统二人转大全》,其实是全不了的,我们只能通过兼收并蓄、弃短取长、条分缕析、总其大成,为大家提供一套能够成为中国传统二人转经典之作的文艺丛书。从而让大家对二人转有个更全面更彻底更深入的了解。同时,也给那些致力于二人转艺术传承的有志之士,在整理、改革、推进、发展二人转的工作上提供一套有价值的研究资料,他们为二人转的发展,做出更多的贡献,能够达到上述目的,我们就感到无比欣慰了。

2008 年

使二人转更好地"转"下去

|《东北二人转口述史》序|

不知道什么原因,我和东北二人转算是结下了真正的不解之缘。

我爱人是北京人,从东北兵团回来,到中央广播说唱团被分配学习了二人转,是马力老师的学生,因此,我们一家和那炳晨、王肯、王兆一前辈以及韩子平、刘丰、董伟、郑淑云等后起之秀都成了最好的朋友;我在说唱团当团长,蔡兴林老师和我一起搭班子,他是副团长,他是龙江二人转的老前辈,他每天给我灌输二人转的"历史传统",我再不熟悉,也被熏熟悉了;这些年,赵本山一直把我推荐他上中央电视台的事挂在嘴边,使得二人转的同人们都对我另眼看待,觉得我绝对是二人转的"门里之人";加上我与东北的老作者奚清汶、李微、崔凯,老艺术家董孝芳、乔梁有着多少年的交情;再加上我在中国艺术研究院曲艺研究所和中国曲艺家协会主持工作期间,结识了一大批理论家、作家和表演艺术家。

因此,当《东北二人转口述史》主编张兰阁先生希望我"站在全国曲协的位置,谈一下对二人转和本书的印象和总体评价",并且希望我"借机谈些戏剧与曲艺的宏观问题(比如'大曲艺'主张)",写一个序,我实在想不出推辞的理由。

我的手里,有一篇侯宝林写给吉林一位新闻工作者的关于二人转的手稿。侯宝林阐述了他对二人转和拉场戏、龙江戏和吉剧的区别的理解。当然,这些当初有争论,现在,早已经成为了共识。但是,关于二人转的各种各样的争论分歧,好像从来没有减弱过,更没有消失过。尤其进入了 21 世纪,二人转火起来了,这样的争论就愈演愈烈了!

于是在写这篇文章的时候,我是老生常谈地写一些二人转的历史渊源、形成年代、艺术特色呢,还是写对现实的一些困惑、思考,与大家共同讨论,哪个更有意义、更实用呢?无疑,答案是后者。

于是,我想了几个问题,这是在研究二人转艺术的今天,所有的人都绕不过的几个问题。

我们承认不承认,今天我们的二人转的影响比过去的几十年大多了?

我们承认不承认,我们的二人转确实有低俗的东西?

我们承认不承认,我们相当一部分的二人转艺术家前辈对目前的二人转不满意?

我们承认不承认,我们的二人转,在今天有市场、有需求?

张兰阁先生非常希望我"能把说相声的幽默带过来点儿",因为"这本书的体例在行文上,全书的风格都是口语白话",又因为"我们的读者(二人转圈)文化水平都不是很高,他们熟悉您那个形象,您说得越实在,他们越容易接受"。我保证,我说得绝对实在,但是由于这话题有点费脑子,对不起,实在幽默不起来,请原谅。我还是围绕着我想的这几个问题说说我的想法。

我曾经在许多文章的题目上看到过"二人转"这三个字,但是,这些文章和二人转一点关系都没有。尤其是最近,有一篇写电影金球奖获奖文章,它的题目是《从二人转到三人行》;中国质量新闻网写老百姓民生需求的一篇文章题目是《民生二人转》。这样的题目在二十年前是绝对不可能的。那时候,除了东北的老百姓和专业曲艺工作者,谁知道二人转呀!

在 20 世纪 70 年代,二人转的专业艺术院团,处境比较艰难,有的名存实亡,有的在苦苦坚持,其中不乏个别的亮点,但普遍不景气。当时的吉林省民间艺术团团长、著名二人转作曲家金士贵说:二人转是东北唯一的土生土长的艺术,现在它的发展出现了些问题,遇到了困难。

在 20 世纪 80 年代,他们省民间艺术团和各市县艺术团都是常驻农村,一年当中至少有三四个月是在农村演出中度过的。那时,农民每人交一元钱就可以看六天六场演出,"万人围着二人转"就是那时景象的生动写照。农民观众对韩子平等著名二人转演员的热情不亚于今天的追星族。可后来,由于国家对农村一些杂税进行了限制,农民花钱看演出的钱,也受到了限制,因此国有艺术院团下乡演出,变成了收不上钱的事,因而大幅锐减,农村二人转市场由此出现了萎缩。后来,民间的这些艺术团尝试着走了一段与企业联姻的路子,其中有成功的经验,但由于种种原因,并没坚持太长时间。

应该说,赵本山的"刘老根大舞台"是二人转崛起的标志。其实它只是应运而生。早先,长春市和平大戏院、东北风二人转艺术团为代表的民间二人转已经迅速崛起。二人转走出了农村,所处的方位不再是大城市的边缘,而是真正走进了城市,正在成为都市人文化生活中的"新宠"。2008 年,吉林省艺术研究院有一份《吉林省二人转现状调查报告》介绍道:

> 每天晚上,和平大戏院和东北风各有三四个剧场同时演出,一年他们只休息大年三十这一天。年卖票总收入约为 2200 多万元,已然形成了具有相当规模的民间二人转文化产业。

这说的是小剧场的个体经营演出状况,国营二人转剧团是什么状况呢？"以 2006 年为例，全年总计演出一千四百零六场，仅为 1995 年一万四千四百一十四场的十分之一。其演出形式多年来没有什么大的变化，尽管屡屡获得国家级大奖，并受到北京、上海、广州、杭州等大城市观众的欢迎，但不善于与观众互动交流的国营二人转还是被挤出了本地市内市场。其中省民间艺术团多年来始终没有自己的演出场所，虽坚持演出自己原汁原味的本色二人转剧目，但生存十分艰难，面临被边缘化的危机。"

一盛一衰，说明了问题。

为什么盛，为什么衰，却众说纷纭，莫衷一是！

但是，中国的老百姓确实是知道了二人转这个艺术形式，二人转也被当今社会接受了，这是个不争的事实！

在演出市场上，一些所谓的二人转作者和演员，看准了二人转的广泛影响，在大做二人转的赚钱生意。一些地方剧团到各地演出，为了搞笑，为了吸引人，为了能赚钱，在丑逗旦捧的搭配中，女性越来越年轻，穿着越来越暴露，对话越来越粗俗，歌词也越来越"黄"。"直白"得感觉不是在演唱，而是满嘴脏字，转着圈在骂人。《十八摸》《泼妇骂街》《鬼子进村》等一批恶俗不堪的剧目占据着小剧场舞台，还有向外蔓延之势。这些，也是活生生的事实。

围绕着这些事实，有人说就是因为这样冲破了"束缚"，"二人转活了"！有人说实际上体制改革，是因为有钱挣了，"二人转火了"！有人说，因为"没有人管"，二人转"什么都敢说"，当然有市场！有人说这是因为满足了现今社会的"低俗的欣赏情趣"，所以有了"票房"！有人褒：二人转在农村非死不可，进城就有活路。聂耳在上海成了大音乐家，如果一直在云南他就是一个老艺人。有人贬：清兵进关，都没有带二人转，他们知道这登不了大雅之堂。现在倒进城了，成何体统？也有人说，二人转由

"民间"和"专业"共同支撑，二分天下的格局已经形成。虽然它们在技术层面应该相互借鉴，融汇发展，但不同的演出形式还是已经形成，"民间"和"专业"可以保持二人转不同的艺术个性，以各自不同的形态存在下去。一个艺术品种有两种形态，并不是坏事。众说纷纭。

我们不妨回顾一下历史。

吉林省从 1979 年就举办第一届二人转新剧目评奖推广会，连续搞了近二十届，目前，这已经转变为两年一届的艺术节。

当时，通过艺术家和民间艺人在一起探讨、交流和分析演出实践经验，大家都认为国营与民间这两种经济体制下的二人转都在不同层面上存在着背离二人转本体或有失二人转本体的现象。具体体现在国营二人转丢掉了"丑"，丢掉了"说"；民间二人转丢掉了"旦"，丢掉了"唱"。尤其是国营二人转，逐渐丢失了二人转艺术视为根性的东西——丑角艺术、灵活自由的演出方式和台上台下互动的观演关系。这是国营二人转委顿的重要原因。于是有了 2002 年吉林省首届二人转艺术节对"四大名丑"奖项的启动，就是要找回失落了的二人转丑角艺术。有了共识，加上社会上全面改革开放的大好形势，二人转抓住了机会，首先在东北演出市场上带头火爆起来，显现了民间二人转相当强大的市场竞争能力。他们研究市场，研究受众，他们知道几分钟没包袱，观众就会产生审美疲劳。为了迎合观众需求，他们把"说"和"逗"推向极端，甚至整台演出没有一段完整的二人转唱段，是名副其实的"搞笑晚会"。那个时候，东北风二人转不但在长春拥有三家剧场，同时在吉林市、哈尔滨市以及北京等地也有演出场所，同时吉林卫视的"乡村戏苑"和"二人转大观园"等栏目也不间断地播出东北风和其他二人转剧场的节目，这些演出极大地丰富活跃了群众文化生活，发挥了重要的娱乐功能。那个时候的火爆，得益于民间二人转演员能够抓住老百姓的所思所想，在说笑中适时针砭时弊，反映民众心声，努力与观众沟通并产生共鸣，和他们把一腔子热血都倒在舞台上，演尽"绝活儿"，展现十八般武艺。赵本山的"刘老根大舞台"出色的市场运作，把二人转的这场革命登峰造极，推向了极致。

随着二人转的日渐红火与备受关注，二人转发展的一些问题也逐渐显现出来：" 民间"小剧场演出与国有"专业"院团之间出现分化；社会上开始有了"黄色二人转""绿色二人转"之争；针对小剧场里的二人转大部分成了"搞笑二人组合"，与讲究"说、唱、扮、舞、绝"的传统二人转艺术相去甚远，普遍存在低俗现象，甚至有了二人转的"真""伪"之辨。对于这些，有的专家直言不讳地批评道："认为《傻男人也潇洒》这样讲笑话的东西才是现在二人转与时俱进的最新表现方式，实在令人汗颜。二人转的确是与时俱进，与观众亲密无间的；另外，它的好胃口、吐纳精神的确也是它能走到今天的重要原因。说口或者笑话，甚至杂技这样的东西进入它内部可以看成是二人转广收博取的表现，不过仅仅把这些当成是二人转，并且说它们就是二人转沟通观众的方式，那不等于说相声、笑话都成了二人转？真是荒谬至极。"

大家看，二人转呈现的是繁荣与萎缩并存的"生态异化"现状。

二人转的脱俗问题，是一个老生常谈的问题，是一个从提出二人转改革创新的那天开始，就一直存在的问题。现在一提反对二人转的"俗"，就有人跳出来说什么"市场需求""谋生需要""无伤大雅"，还有的人以提出俗的二人转"接地气"，还有甚者提出"性"话题就是民俗文化的特性等，有的人直截了当：快乐千万种，有的廉价，有的昂贵，都是百姓所需，一乐解千愁。说这些东西的人其实自己也不理直气壮。我认为，这话过于矫情。他们不是觉得"俗"的内容好，而是不希望有人管，不希望有满嘴"官话"、不愿意看"附庸风雅"的二人转。怕二人转的改革，改掉二人转的"土"气,改掉二人转的"乡俗"风味,故而用这样的一些"理由"做盾牌,挡住他们认为来自官方的"长官意志"。当然,会不会有人仍然喜欢那些低级趣味的"噱头",这就不在这里分析了。

这里,我要说,对于二人转小剧场经常有一些低俗的表演,二人转的艺术家和评论家不是没有警觉。

2004年4月26日,新华网的文章,题目是"恶俗将毁了二人转"。2007年10月9日,《吉林日报》报道:近年,随着东北民间二人转迅速火爆全国,其特有的幽默、轻松的艺术特色逐渐被更多的观众认识和接受,但与其相伴的"脏口、粉词"等低俗表演也一直备受争议。最近,在国家和省里有关部门的管理和力促下,省内较大的二人转团体东北风二人转艺术团率先行动起来,在今天下午举行了一场特殊的"以演健康二人转为荣,以说'脏口''粉词'为耻"的座谈会。

如何分析二人转火爆的"市场需求",这好像是个社会学的问题,也有人把它归为人文的范畴。

几乎是全世界都在争论,人类是"人之初,性本善"呢,还是"人之初,性本恶"?为什么"黄段""荤口"甚至粗俗的不堪入目的东西也能引来那么多的笑声呢?其实,这不是我们中国人的问题,全世界的喜剧和笑话与脱口秀都存在这个共性的问题。"无亵不笑",没有对神圣的亵渎,对崇高的讥讽,就没有笑的因素。但是,中国人的传统欣赏情趣,这些有伤大雅的"表现",茶余饭后都可以是"话作料""逗闷子",就是不允许你走进大雅之堂,那是被文化传统所不允许的。这也是为什么有那么多的人对今天的许多二人转的表演不满意的原因。

所有的曲艺人都知道,在我们的现实生活中出现一个非常严重的问题:你如果对二人转的现实提出异议,马上会招来网络、小报等各种媒体的"棒喝"。十年来,民间文艺团体靠着自身的力量,在文艺市场上风生水起，其影响力之大，让国家财政供养的文艺团体不得不自惭形秽。最有代表性的有郭德纲的"德云社"和赵本山的"刘老根大舞台"，明星云集，霸气十足。前不久，我参加由赵本山主导的辽宁电视台举办的《我要上乡七》的选秀节目。赵本山的弟子，以及东北二人转喜剧演员的粉丝们都在这个节目中展现技艺。我和梁宏达与赵本山作为评委，通过对表演与作品创作的评价，一定要阐明艺术的表现，一定要有"美""丑"之分，一定强调，艺术上的"丑"与形态上的"丑"是有明显区别的。艺术形态上的"丑"，也是美的一种展现，而在表演粗俗、语言恶俗、内容庸俗的"丑"，是真正意义的"丑"，是在作为艺术展现的平台上，必须杜绝的。我们的评论，得到观众的好评。就是观众有笑声有掌声的一些作品，只要有这些"丑"东西，都在我们的批评之中。我从演员认真地听取我们意见的态度中可以感觉到"只要是引导人向上走，人们不会拒绝你的善意"这样一种诚恳的态度。但是，这代表不了小剧场的全部。你一提意见，就招攻击，就有人拿"砖头拍你"，甚至网上一片"骂声"，这种氛围非常不好。对于目前社会上的低俗二人转表演怎样进行文艺批评，媒体怎样帮助二人转形成一个不断自我改造、不断进取的氛围，不至于在不远的将来，被自己的"恣意成长"毁坏形象而走向自己的反面，实在是应该提出和全社会都应该引起重视的问题。

那么，能不能二人转的评论家们在一起，心平气和地、直言不讳地、不带成见、不触及利益地进行讨论、辩论，各抒己见，为二人转的发展厘清一些观点，澄清一些问题呢？比方说，二人转没有小剧场的努力，能不能走到今天？二人转今天的形势是对二人转好还是不好？二人转的"粗口""荤口"应不应该说？不该说，由谁来管？该说，说到什么程度？现在的小市场上的二人转叫不叫"二人转"？叫"二人秀"行不行？谁来管这事，谁来纠正市场甚至媒体的"误传"？传统的二人转市场不好，曲高和寡的现象怎么解决？怎样做才是行之有效的办法？网上现在上传的"粗口二人转""二人转荤口"视频由谁把它拿下来,并且怎样限制上传？不允许"粗俗""丑陋"的表演有市场,由谁去管理？怎样管理好？

　　只有大家都"接地气"地考虑和解决实际问题,才能使我们的曲艺理论研究结合实际,不是"坐而论道",你评论你的,我演我的,不是理论与实际鸡犬相闻,老死不相往来。让文艺批评作用于二人转今天的表现,不要一个劲儿地在那儿讨论。

　　说实在的,我希望《东北二人转口述史》这本书,让专家学者都读读,仔细听听各方面的人士在继承和发展二人转方面,走的路,干的事,取得的经验和教训,从而得出二人转究竟该咋"转"方向的答案和结论,使二人转更好地"转"下去。

2014 年

咬定青山不放松

七十多年前,还是个少年的蔡兴林先生,便对东北二人转爱得如醉如痴,他不顾世俗偏见和家人的反对,毅然决然地投到了当时在东三省名噪一时的二人转丑角徐生的门下……

从他同二人转结下不解之缘那天开始,他目不纳杂,心无旁骛,几乎把他全部的心血、全部的爱,都贡献给了二人转事业。

由于他夙夜匪懈,自强不息,殚精竭虑,跬步千里,最后终于磨穿铁砚,修成了 20 世纪 40 年代二人转界蜚声鹊起的一代名优,并赢得了"粉蝴蝶"和"东北小梅兰芳"的美誉。

蔡兴林先生对二人转的贡献,不仅限于他全面掌握和深刻领会了二人转表演艺术的真谛,更为难能可贵的是,他在二人转的继承、改革和发展上下了很大功夫,对二人转的唱腔、舞蹈、服装扮相等,他一直在潜心求索、锐意创新。

首先,在有选择地吸收其他姊妹艺术的优长方面,他做得非常突出,他把戏曲中的"唱做念打"和二人转的"五功八法",十分巧妙地融合在一起,从而弥补了二人转本身的不足,使二人转这朵名不见经传的小花越发绚丽多彩。

尽管二人转唱腔有九腔十八调七十二咳咳之说,但,饺子再好,老吃也腻歪。为了满足广大二人转观众的审美需求,他把当初红极一时的歌手们最有代表性、也最受人们喜爱的歌曲,恰到好处地运用到了二人转之中。二人转有一个传统曲目叫《双锁山》:刘金定立牌招亲遇上了去南唐报号的高君宝,两个人动起手来,高君宝被刘金定拿下了马,刘金定逼高君宝与她成亲。其间二人转艺人加了"外插花",高君宝让刘金定唱小曲,把他唱高兴了,就答应同他成亲。这些小曲虽然每个二人转艺人唱得都不尽相同,但都是二人转中的曲牌,像打牙牌、下盘棋、放风筝、丢戒指、小拜年、小回门儿、月牙五更等,万变不离其宗。

蔡兴林先生演《双锁山》也唱小曲,但他很少唱那些别人唱过的旧曲,而是一改故辙,加了周璇的《四季歌》《天涯歌女》《花好月圆》《五月的风》等,一些应时的新曲,观众非常愿意接受。在扮相上,他抛开了传统的一成不变的"贴片子"上"大头",不再是珠围翠绕、油头粉面、衣香鬓影、花枝招展,而是别出心裁地梳一条当时少女们普遍流行的大辫子,在辫根儿上扎一个十分别致的蝴蝶结,服装是经过加工,既时尚又新潮的女装,以青春靓丽的美少女形象,出现在观众面前,这种越前意识在某种程度上是对旧传统的大胆挑战,不过,与毛主席提倡的"百花齐放、百家争鸣""推陈出新"的文艺方针,十分吻合。

1953年中央组建广播说唱团,其目的是继承和发展我国民间丰富多彩的曲艺门类。东北二人转,这个在东北三省深受广大人民群众喜爱的特殊曲种,应该也必然要在各类曲种的荟萃中占一席之地。为此,说唱团特意派了一位对二人转深得要领的专业人员去东三省海选合乎说唱团标准的二人转演员。

这位专业人员经辽宁,到吉林,最后是黑龙江,一路上,他看了不少二人转演员,最后把焦点集中在黑龙江的蔡兴林身上。

一直以来,二人转的领地只限于东北农村。是呀,不然怎么会叫庄稼戏呢?表演的场所也不固定,田间、地头、场院、庙宇、大车店、网房子、码头……不用搭台子，有块空地就能演出，流动性之强，与吉卜赛的大篷车有异曲同工之妙。

能从农村走进城市，对那些头顶高粱花的二人转艺人来说，已经是惊人的飞跃了。至于进京，那是异想天开。然而，这样的奇迹，却在蔡兴林身上发生了。中央广播说唱团几经权衡，最后一锤定音，决定调蔡兴林先生进京。这样，蔡兴林先生就成了有史以来第一个被调进北京的二人转演员。

在说唱团这个海阔凭鱼跃、天高任鸟飞的地方，对蔡兴林这位有革新精神、超前意识的人来说，可谓是龙游大海，虎踞深山，他是兴高采烈而来，踌躇满志而至。然而，到说唱团之后，现实并非像他所想象的那样，他在东北大地唱响四面八方、号称四梁八柱的二人转段子，很难为北京观众所接受。头三脚就没有踢开，但他并不灰心，他认真分析，仔细研究，终于找到了其中的症结。摸准了北京观众的审美情趣之后，他首先对几百句的二人转段子进行大刀阔斧地修改，把几百句的大段子修改成了几十句，在包袱运用和曲调改革上也下足了功夫。

在黑龙江期间，他曾应省歌舞团女高音歌唱家李高柔之约，用二人转的曲调词风，为她写了一首独唱歌曲《大庆子》。演唱后反映十分热烈，据说大庆的地名，就是在《大庆子》的歌曲唱响之后改叫大庆的。

他把《大庆子》的精神继承了下来，用它的模式创作和改编了许多短小精悍、脍炙人口的二人转单出头曲目。如传统段子《红月娥做梦》《王二姐思夫》《花园降香》等，至于现代段子有几十个，我就不一一列举了。

蔡兴林先生的改革和创新，收到了可喜的效果，北京观众认可了他，称他搞的二人转是别具一格的京味二人转。

是金子无论放到哪里都会发光。由于工作需要，加之女演员逐渐取代了二人转自古以来的男扮女装，蔡兴林改换了头面，由二人转演员转为二人转教师。从编写剧本到设计唱腔以及排练，都是他一把抓。对一个唱了一辈子的二人转演员来说,离开舞台后,他不仅没有一丝失落感,反而一心一意地做好他的本职工作。事实证明,蔡兴林先生,做演员是位德艺双馨的好演员,当教师是位认真负责、诲人不倦的好教师。

后来,蔡兴林除了做教师,还兼任说唱团的秘书工作,他从来没有因为秘书工作而影响教学工作,也没有因为教学工作影响秘书工作,他把两者之间摆布得有条不紊、面面俱到、急脉缓受、初写黄庭。

鉴于他的工作能力,组织上提升他为广播说唱团的副团长,当时我任团长,我负责业务,他负责行政事务,我们俩配合得十分默契。

虽然行政事务担子很重,麻烦多多,却丝毫没有影响他对二人转工作的密切关注,他竟能忙里抽暇,为二人转的改革和发展,默默地奉献。这期间,他不仅培养出一批优秀的二人转演员,并创作出了一批优秀的二人转、相声、琴书、坠子、单弦等曲艺作品。作品不仅在中央台——播出,还发表在了《曲艺》月刊等中央一级文艺刊物上,有的还获了大奖,更有幸的是进了中南海,为毛主席和中央领导演出。

如今年登耄耋的蔡兴林先生,早应该回到家里含饴弄孙,坐享绕膝承欢之乐,可这位"咬定青山不放松"的二人转一代宗师,仍不甘寂寞,他要在有生之年,为二人转事业再尽绵薄之力,把他一生在二人转方面的所学所得、所经所历、所思所想、所感所悟,通过他的笔,落墨在纸上,留给后人。

他先后写了几部书,这部《我和二人转》洋洋几十万字,也将要出版,这不仅是他个人的大喜事,也是曲艺界的大喜事,能为本书写序,是我的荣幸。不过,我用这区区几千字来介绍蔡兴林先生,确实有些言不尽意,如果想充分表达出来,恐怕只有著书立传了。那……就让我的这个序,作为引玉之砖吧!

最后祝蔡兴林先生身体健康、艺术常青。

2014 年

曲艺界的骄傲

|《赵铮坠子艺术的审美特质》序|

由郑州大学音乐系承担的国家社科基金艺术学"十一五"规划文化部课题结项成果《赵铮坠子艺术的审美特质》即将由郑州大学出版社出版，本书的主编——郑州大学音乐系系主任巩伟教授和河南省曲协的银海、广宇同志嘱我为本书写序，我欣然应命。

在中国曲艺百花园中，河南坠子可以说是一株散发着浓郁芳香的奇葩，它是由道情、三弦书和鹦哥柳书结合而成的，形成于清道光年间，距今已有一百八十年的历史。在一百八十年的演进过程中，河南坠子以其浓郁的生活气息、质朴的民间风味、地道的中州音韵、曼妙的声腔旋律、灵活的演出形式和独特的说唱技巧从中原河南向四周辐射，流布全国（包括宝岛台湾在内的二十六个省、市、自治区都有河南坠子的踪迹），并形成了诸多的艺术流派，产生了一大批著名艺人和艺术家。赵铮老师就是其中一颗最为耀眼的明星。

我和赵铮老师相识于 1975 年在北京举办的全国曲艺歌舞调演活动中，那年我二十五岁，赵铮老师大概是五十岁。她是河南代表团的艺术指导，无论是在舞台上演出，还是在会议上发言，都给我留下了深刻难忘的美好印象，一种敬佩和仰慕之情便油然而生。我真切地感受到赵铮老师确有艺术大家的气质和风范，然而又是那样的和蔼可亲，我和她初次相见，便结成忘年之交。四年之后，我们又在第四次全国文代会上见面。随着以后频繁的交往,我和赵铮老师情感愈深,我一直叫她赵妈妈。2005年6月7日,在她八十岁的时候,我到郑州参加由河南省文化厅、河南省文联共同举办的"赵铮先生从事曲艺工作五十五周年暨赵派河南坠子艺术研讨会",祝贺她的八十寿诞,观看了"赵派"坠子专场作品演唱会,参加了研讨会,对赵铮老师为人和作艺又有新的认识,更是景仰有加。

赵铮老师是具有高度文化自觉意识的全国公认的著名曲艺改革家、表演艺术家、曲艺教育家,曾任中国曲艺家协会河南坠子艺术委员会名誉主任,她从事河南坠子艺术近半个世纪,兼收并蓄,博采众长,继承传统,锐意革新,创立了独具特色的"赵派"坠子艺术,极大地丰富了河南坠子的音乐表现力。她在1982年创办了河南省戏曲学校曲艺班,首开北方曲艺系统教育之先河,三届曲艺班她培养出了一大批优秀曲艺人才。她在艺术成就上可与常香玉齐名,颇受赞誉,是响当当的中国曲艺名牌。她不仅是河南的骄傲,也是中国曲艺界的骄傲。曲艺之所以香火不断,就是因为有赵铮老师这样的曲艺大师的不懈努力,才保持了曲艺在整个文艺界的地位。

在赵铮先生从事曲艺工作五十五周年的演唱研讨会上,与会的专家写了很多高质量、有见地的文章,踊跃发言,给予赵铮老师和"赵派"河南坠子艺术以高度的评价,我曾建议会议主办单位将论文和发言结集出版,并希望能进一步对"赵派"坠子艺术进行深入研讨,使之发扬光大。2006年9月,首次设立的中国曲艺牡丹奖终身成就奖揭晓,赵铮老师名列其中。当时她身患重病住院,我代表中国曲艺家协会分党组和主席团特意到郑州看望老人家,并对她获奖表示祝贺。赵铮老师送我一套珍贵资料,是新出版的《赵铮回忆录》和《赵铮河南坠子艺术精选》光盘。老人家自知时日不多,所以要尽可能地把她的艺术作为资料留存传给后人,因此,她在病榻上仍手不释卷,忍受着巨大的病痛折磨坚持写作,著书立说。

2006年12月1日,赵铮老师驾鹤西去。在老人家离开我们四年之后的今天,这本洋洋六十五万字的《赵铮坠子艺术的审美特质》作为重大艺术研究课题得以结项出版,我十分欣慰。这是河南坠子理论研究的最新成果,也是河南坠子艺术为数不多的专门论著,而且是从多角度对河南坠子一个流派的审美观照,对"赵派"坠子的美学价值、唱腔艺术审美、表演艺术审美、伴奏艺术审美、教学艺术审美进行了深入地探讨和系统研究,可以说填补了这方面的空白。更难得的是这部书是由郑州大学音乐系来组织立项实施完成的,这对于推动当今高校的曲艺理论研究将产生积极的影响。其实,河南坠子最早的理论研究专著《河南坠子书》(1948年出版)就出自河南大学教授张长弓先生之手。《赵铮坠子艺术的审美特质》一书出版也可以说继承了高校曲艺研究的传统。

河南坠子拥有极大的社会价值、历史价值、文化价值和审美价值,作为国务院公布的首批全国非物质文化遗产保护项目,理应得到悉心的保护与发展,"赵派"坠子作为一个重要流派理应得到发扬光大,让我们为此而努力!

2010年8月26日

文章合为时而著

｜《黄枫山东快书选集》序｜

尽管工作繁杂,我也要忙里偷闲,用心用脑,集中精力地拜读黄枫先生收集整理的这部《黄枫山东快书选集》,这是黄枫先生创作演唱的山东快书集锦。掩卷深思,不禁发自内心感叹:真好! 真全! 珍贵!

中国曲艺是中华民族艺术的瑰宝。经过上下五千年的孕育脱胎,凤凰涅槃,中国曲艺走向成熟。曲艺门类是有众多曲种组合的大家族,犹如天空中的繁星,每一颗星都闪烁着自己的光芒。在历史的长河中,在不同的时期,中国曲艺不同曲种的艺术家,用自己掌握的这种来自民间的艺术样式咏颂真善美,抨击假恶丑。山东快书亦是如此,可谓"阳春白雪堪颂世,下里巴人有知音"。黄枫先生用全部精力将自己所创作、所演唱过的山东快书作品辑其大成,弥足珍贵,功德无量。

黄枫先生是独树一帜的山东快书表演艺术家。记得当年我在黑龙江兵团下乡,当时的传媒手段有限,广播电台是文艺节目重要的传播工具。连队里的大广播喇叭经常传来黄枫先生带有浓重山东乡音的行腔:"钢铁钻井队暴风雪中不停钻/顽强打穿了硬夹层/钻台上钻工们干得热气腾腾汗如雨/那汗水落在地上'叮叮当当'响连声……"从那时起,我们记住了他的名字——黄枫。几年之后,我有幸被吸纳到黑龙江省曲艺团,零距离接触到这位我崇拜仰慕的艺术家。舞台上的黄枫先生,表演大方洒脱,那清脆悦耳的铜板叮咚声,有板有眼的节奏,行云流水的韵颂,或抒情或激昂或鞭笞或颂扬,都让人感受到一种大家风范。

黄枫先生是功底深厚的曲艺作家。从年轻的时候起,黄枫先生除了学习传统段子,夯实曲艺表演功底,还坚持自己创作作品。每每创作出一部新作,他都会亲自上台磨合。久而久之,练就了黄枫先生扎实厚重的创作功底。中华人民共和国成立之初,为了甩掉贫穷贫油的帽子,独臂将军余秋里带领十万大军找油探矿,开发油田。在这个过程中,黄枫先生跟随采油探矿的队伍,足迹遍历西北克拉玛依、玉门油田,置身黑龙江一支名叫萨尔图油田会战的队伍中。沸腾火热的生活,激发了他为石油工人而歌的欲望。他创作了大量的歌颂石油工人艰苦作业,为祖国献石油的山东快书作品,被誉为"油田说书人"。他和蔡兴林共同创作的歌曲《大庆子》,很受石油工人的喜爱。适逢国家要给萨尔图石油重镇命名,时任省委书记的欧阳钦被黄枫先生的这首《大庆子》歌名触动灵感,当即提议把石油重镇定名为大庆。一首歌名定下了一个共和国油田的名字——大庆。而大庆以不朽的精神誉满华夏,驰名中外。

黄枫先生是一代宗师。20世纪的50年代,中国曲艺界有以侯宝林为领军人物的"四大名旦",同时也有以马季、黄枫为主力的"四小名旦"。那个时期,他们同台演出,各具特色。黄枫先生支边来到黑龙江省以后,他的山东快书创作表演得到更多人的认可和喜爱,粉丝众多。从那时候开始,许多喜爱山东快书的有志者纷纷拜黄枫为师,学习和传承这门艺术。周弘、范冠军、张振彬、郭冬临等学子先后拜在黄枫先生的门下,就连他自己的三儿子黄宏也由表演山东快书起步。时至今日,黄枫先生的徒子徒孙也有一百多人,遍及全国各地,活跃在各个专业、业余文艺团体。黄枫先生曾语重心长地告诫儿子黄宏:到任何时候都不要忘了,你是吃山东快书的奶长大的。

进入21世纪,黄枫先生已是耄耋老人,可是仍旧钟情山东快书这门艺术,和曲艺有着骨肉不可分离的感情。在黑龙江省委宣传部的支持下,他倡导组织起"十老艺术团",带领多位艺术家进社区、走军营、下农村、到学校,为广大的人民群众送去欢乐。而这种常态化的演出都是以慰问为主,每一位艺术团成员不言辛苦,不计报酬。人民群众满意、开心快乐,是黄枫先生最大的幸福和欣慰。

黄枫先生对曲艺的付出,得到了曲艺对黄枫先生的最好回报。黄枫先生曾先后荣获中国文联授予的从艺六十周年终身成就奖、第五届中国曲艺牡丹奖终身成就奖、全国金唱片奖等荣誉称号。

这部《黄枫山东快书选集》是黄枫先生将自己在不同时期、不同阶段创作演出的山东快书作品汇编而成的,为我们呈现的是精品力作,也为非物质文化遗产的宝库献上了不可或缺的典藏。书中的作品主题鲜明、立意深刻,集思想性、艺术性、观赏性于一炉,所叙述的故事、所刻画的人物、所塑造的典型,都使人们对山东快书艺术本体和外延有了更深刻的认识。

为《黄枫山东快书选集》写序,使我想起唐代诗人白居易在《与元九书》中的一句名言:"文章合为时而著,歌诗合为事而作。"这既是古训,又是历代文人富于历史使命感的一种集中概括。对黄枫先生这位艺术家而言,它意味着自己对时代的一种关注,对现实社会的一种关切,对改造社会、促进社会进步的一种责任和使命。黄枫先生的《黄枫山东快书选集》做到了"为时而著",它让我们倾听时代的足音,呼吸时代的空气,把握时代的脉搏,让自己的心合着时代的节奏一起跳动,真正用心去感悟时代、体验时代,为时代而唱。

在此,我可以这样说:黄枫先生的《黄枫山东快书选集》,是对中国曲艺的一大贡献。

2014 年

鼓曲艺术亟待传承发展

|《京韵大鼓少白派——纪念京韵大鼓"少白派"创立传承九十周年》序|

我在中国广播艺术团说唱团工作二十八年(1976—2004),当了十年说唱团的团长(1985—1995)。我刚进团的时候,认识了说唱团老团长白凤鸣先生。那一年,他已经退休了。1979年,第四届文代会的时候,我们都是曲艺界的代表。我记得最清楚的是,老人家兜里老有水果糖,时不常地叫我张嘴,给我扔一块糖吃。那一年他七十岁。

在说唱团工作期间,我和老团长的侄子白慧谦先生共事。我喜欢唱点小曲,他喜欢票票相声,我们两个成了莫逆之交。

后来,我在中华曲艺学会当会长,编撰《京韵大鼓传统唱词大全》时,多次拜见白慧谦的父亲白奉霖先生。他从部队退休后积极支持我创办民俗艺社,告诉我要积极恢复传统曲艺形式,并传授了含灯大鼓、五音联弹等形式。

讲起来,我从工作,从私交,都与白氏家族结下了不解之缘。

2020年,是白奉霖先生一百周年诞辰,也是白氏家族的老大白凤岩先生和白凤鸣先生创立京韵大鼓"少白派"九十周年。作为非物质文化遗产京韵大鼓"少白派"艺术的传承人,白慧谦先生和他的哥哥白慧良先生,整理出版了这本介绍京韵大鼓"少白派"创立、传承、发展的纪念册,我想,这应该是我们曲艺界,尤其是鼓曲界的一件大事。

传统文化是一个民族生存和发展的基础,也是民族认同的前提。中国的传统文化正是在一代又一代的艺术家们的不懈努力下，才一代又一代地传承下来。老祖宗丰厚的文化艺术遗产，能否在未来继续发扬光大，在历史的长河里闪烁出耀眼的光芒，取决于我们今天是否认真地、细致地、科学地完成对非物质文化遗产的总结、研究、保护和传承。在这一方面，我们曲艺尤其是鼓曲，担负着时代的重托。

这本书除了整理了京韵大鼓演变的历史渊源及记录了"鼓界大王"刘宝全先生的历史贡献，还系统地介绍了刘（刘宝全）派、"少白（白凤岩、白凤鸣）派"京韵大鼓、金（万昌）派梅花大鼓以及新梅花调（白凤岩）的特点，及白凤岩、白凤鸣、白奉霖先生的艺术生平。同时还有白奉霖先生弟子、学生和家属后人的怀念文章。

我不是评论家，讲不出京韵大鼓"少白派"的传承和发展以及京韵大鼓"少白派"的艺术价值和社会价值。但是，我愿意以一个曲艺人的身份向大家推荐这本书。我记得白奉霖先生八十六岁时还编纂了《鼓曲四大派》那本堪称鼓曲宝典的教科书，那么，今天作为曲艺世家白氏家族的后代，白慧良、白慧谦先生继承先辈遗志，继续为中国曲艺著书立传，就是中国曲艺世代传灯的一个新亮点。这就是我认为的这本书的价值。

2020 年 10 月

"董老至今犹唱别"

|《董湘昆京东大鼓文集》序|

这个标题是我借用一位曲艺爱好者诗赠著名工人曲艺家董湘昆老师所写的一首竹枝词中的一句。全诗为："蜚声津门红遍街,无人不知上大学。京东鼓曲花不谢,董老至今犹唱别。"

诗中的"上大学"就是那篇脍炙人口的京东大鼓《送女上大学》了。"董老至今犹唱别"是说已然八十高龄的董湘昆老师还在演唱着京东大鼓。这个"别"字儿是什么意思呢?这"别"是篇与观众互动的京东大鼓段子:

久别重逢笑开颜,

别来无恙把话谈,

今天不把别的唱,

句句有"别"开正篇。

这"别"字儿您可别小看,

别开生面是别有洞天。

上网您别上那黑网站,

养狗您别忘了把狗拴。

炒股您别忘了有危险,

邻里间有了矛盾别吐脏言……

您听了别忘提意见，

咱共同再把这"别"字儿往下添。

全是家长里短的事情,这观众气氛能不热烈吗?据说,若观众当场添上带"别"字儿的群众关注的"热点"话题,董老(还有他的弟子们)在返场时会马上唱出去,反响相当热烈。

有评论说,董湘昆的京东大鼓是"三贴近"的榜样。他从中华人民共和国成立到现在,就没有离开过艺术要贴近时代、贴近生活、贴近群众的"三贴近"方向。

董湘昆老师不用我介绍了,因为董老早已是位家喻户晓的京东大鼓艺术家了。他已然成为一个鼓曲曲种的"符号"。人们一提起他的名字,自然会想到京东大鼓。反之,我们一提起京东大鼓,便想到了董湘昆老师。在中央电视台全国电视歌手大奖赛上,业余歌手有了一个新叫法"非职业演员"。按这个叫法,董湘昆老师可算得上"老资格"的"非职业演员"了。

董老和京东大鼓相伴了一辈子,他几乎把他的所有业余时间都交给了京东大鼓,在工会系统领导下,一直活跃在群众文化这个大舞台上,而且经久不衰。我也感动,六十多个春夏秋冬,真不容易啊!为此,早在 20 世纪 80 年代初时,在纪念董湘昆从事业余舞台生活三十周年大会上,天津市文化局和市总工会联名授予他"工人曲艺家"的称号,颁发了纪念证书和全国工会积极分子奖章。此外,董老还受到中国总工会第十次全国代表大会的表彰。

让我感动的是,我读了董老师的《我叫董湘昆》《我和京东大鼓》《我和我的弟子们》这三篇文章后,我为这样一位"非职业演员"的经历和成就所折服。论文化,应该说董老师的"墨水儿"不比"即问之学"多。但是,你从董老师文章的字里行间中可以找到"精彩华章"——他没有忘记新旧社会两重天,没有忘记有了共产党和毛主席才有了新中国,没有忘记自己是一名普通工人,没有忘记自己是一名共产党员,没有忘记自己要为党和人民的利益去宣传、去鼓动,没有忘记京东大鼓不是谁家的私有财产,不是争名争利、巧取豪夺的工具。正是有了这些个"没有忘记"才有了我们曲艺界的骄傲,有了京东大鼓的传承、发展和创新,才奇迹般地有了全国各地董老师的多名专业弟子和活跃在工矿企业、部队军营、乡镇农村的"非职业演员"。这个贡献还小吗? 还不令人肃然起敬吗?

董老师像一位辛勤的园艺师,他常年精心护理着京东大鼓这一朵曲苑小花。他还把优良的花种撒遍各地,让京东大鼓之花开在祖国各地,乃至成为那个省市地区的"引进"品种,这不正是那位曲艺爱好者竹枝词中"京东鼓曲花不谢"的原因所在吗?

董湘昆老师的文集,还给我留下一个难忘的印象:这位可敬的八旬老人,在他回首往事的时候,念念不忘的是他的恩师;念念不忘的是曾经教过他、帮过他、支持过他的专业老师、伴奏老师、创作的合作者,是工人文化宫、俱乐部和群艺馆的老师们,还有他的单位印刷厂的领导和工友们、他的弟子们。在这一长串的名单中,老人家都真诚地"拜"到了。多么朴实、憨厚、善良的一位老前辈啊!

2003 年天津市文化局题赠工人曲艺家董湘昆老师的匾额上镌刻着"松龄鹤寿、德艺双馨"。这正是广大群众对这位工人艺术家的最高褒奖。

中华全国总工会的王兆国等领导同志听到董湘昆先生要出一本文集,非常关注并给予具体的帮助。兆国同志说:"我们都听过董老的演唱,他是咱们工人自己的艺术家啊……"

董老师和他的弟子们邀请我为《董湘昆京东大鼓文集》题写书名和作序。我作为曲艺后来人,一名中国曲艺家协会的工作人员,能不怀着崇敬的心情和学习的愿望完成这个义不容辞的任务吗？愿董老师这本书能给我们的曲艺工作者以启迪，愿董老师这本书能使广大的读者们喜欢。

2007 年

为梅花大鼓教材的出版喝彩

| 《梅花大鼓专业教材》序 |

安冰老师写《梅花大鼓教材》即将出版，希望我能写几句话，我在感到意外的同时，也感到欣喜。之所以意外，是因为改革开放以来，我们从国外引进了不少先进技术和管理经验，与此同时，国外和我们港澳台地区的一些艺术形式也被引进，如美国大片、摇滚乐、港台电视剧等，以及20世纪80年代出现的喜剧小品等艺术形式，使观众被分流，也使传统艺术如曲艺、戏曲受到较大冲击，观众锐减，学习者甚少。而在这种大环境下，居然有人潜心撰写出梅花大鼓教材并出版，我感到意外，尽管是些微的意外。我之所以欣喜，是因为看到我们的曲艺工作者有着满满的曲艺自觉和曲艺自信，出版教材，培养新人，要把曲艺做大，为曲艺的再度辉煌而努力。

这本教材的作者安冰于1992年毕业于中国北方曲艺学校，毕业后留校，成为梅花大鼓曲种唯一的专业教师，这足以证明她的艺术水平和工作能力。她教授梅花大鼓课程已有二十七年，培养了众多梅花大鼓演员，其中有不少活跃在当今的曲艺舞台上。安冰不但教书育人做出了成绩，更难能可贵的是她始终没有离开舞台，曾多次参加文化部春节晚会，参与中央电视台《综艺大观》《曲苑杂坛》等节目以及北京电视台、天津电视台多个节目的录制。安冰毕业不久就先后获得了天津市文艺"新苗奖""新人奖""新秀奖"，还有中国曲艺牡丹奖。她于1995年拜在著名梅花大鼓表演艺术家花五宝先生门下，名师出高徒，她较好地继承了师父的表演技艺，且充分发挥青年人朝气蓬勃的特点，使其演出富于新意，她的嗓音圆润、甜美，表演注重细节处理，高低音兼具备，尤其在唱高腔时游刃有余，很好地突出了梅花大鼓"悲、媚、脆"的艺术特色。

作为一名教师和演员，安冰坚持对梅花大鼓艺术的不懈研究并对表演实践进行必要的总结，这本《梅花大鼓专业教材》的出版就是最好的证明。

可以说，在相当长的一段时间内，梅花大鼓在京津地区是与京韵大鼓、单弦牌子曲鼎足而立的三大演唱曲种之一。仔细阅读本书中，介绍梅花大鼓渊源和传承的部分，可以得出一个结论：梅花大鼓发展史同时也是一部梅花大鼓改革史。

早在清代中叶，北京旗籍子弟梅花馆馆主玉瑞创演了"梅花调"，学唱者很多。最著名者当是先学单弦、京韵大鼓，再改学梅花大鼓的金万昌先生。他与弦师合作对传统的梅花调进行了第一次改革，1917年在天津首唱经过他改革的唱腔，以《大观园》为"打炮"曲目，使观众耳目一新，大为欢迎。金万昌后被誉为"梅花鼓王"，并成为"金派"梅花大鼓的创始人。

1921年，曾为金万昌伴奏的著名弦师卢成科开始为女艺人花四宝操弦，且收花四宝为徒。师徒二人合作在金万昌改革的基础上进一步探索适应女声的唱腔和唱法，借鉴了当时天津诸多曲种的特色，增加了柔媚、脆爽的成分，形成融"悲、脆、媚"为一体的独特风格，获得了梅花大鼓第二次改革的成功，并被称为"卢派"，亦称"花派"。而后，出现众多女性演唱者，如花五宝、花小宝、花云宝、花莲宝、周文如等，她们逐渐成为梅花大鼓的中坚。因此，如同京剧的"十净九裘"，梅花大鼓出现了"无梅不花"的现象。再有，不同于单弦牌子曲和京韵大鼓，梅花大鼓在京津两地分化出不同的地域特色。1946年，子民在《平津梅花调各自不同》一文中说，"平（即北京）之调轻飘、音尖，腔短促，声韵较平，而天津调圆润、有高腔，转折之处婉转……"高阳更在《平津杂曲之不同》中指出了这种区别的由来："文质儒雅的梅花调在天津也多是唱出了一种强烈的声音……虽然唱者……同是一人，而他们在表演曲艺上也多是因为地域的不同而所表演的也不同"，"在天津是放得开，而在北京则多拘谨……"这个论点实际上指出的是两地鼓曲风格的差异，而正是这种差异的存在，使得即便是同一个演员，在北京演出就须尽量收敛自己的锋锐之气，回到天津则可以尽量放开手脚，亮出自己的最佳状态。这也可认为是梅花大鼓与其他曲种在表演风格的一个重要差异。

中华人民共和国成立后，传统的艺术形式纷纷与时俱进，梅花大鼓也进行了第三次改革，而这次改革在京津两地同时展开。北京著名弦师白凤岩革新了传统板式、唱腔、唱法和伴奏，弥补了原来节奏缓慢、唱腔重复的不足，丰富了变调的艺术手法等；著名弦师韩德福去掉衬词，简化曲调，长腔和短腔互相穿插，加强快板的节奏并编演了双人演唱的曲目，取名"双唱梅花大鼓"；天津周文如还向京韵大鼓演员小黑姑娘学习，借鉴了身段表演；弦师祁凤鸣在改革传统曲目《拷红》时，去掉了虚字"哎哪"并加快行腔速度、缩短间奏过门，仍保持梅花大鼓最基本的板腔体腔型和单人站唱的演出形式；天津的花五宝在与弦师谢瑞东等合作编曲的《傻大姐泄机》中，创造了半说半唱的〔跟头板〕，在《英娘恨》中发展出〔原板〕，在《秋江》《杜十娘》中采用曲牌组合的演唱，还在《杜十娘》中加入大段说白。

梅花大鼓的发展史就是其改革史，这也正是中国曲艺史亦可称为曲艺改革史的一个缩影。今日，在曲艺艺术再复兴之时，更应在不失其艺术本质特征的前提下进行改革，以促进曲艺的再度辉煌。

我曾提出"大曲艺"的理论,其中包括"把队伍做大"。这个"队伍"是涵盖曲艺艺术方方面面的,当然也包括对演员的培养。我以为《梅花大鼓专业教材》作为京津主要曲种中第一本演唱曲种的教材,它的出版意义非凡,也正是对"把队伍做大"的一种具体实践。

　　粗浅写了看法,是为序。

2020 年

曲艺奇葩王毓宝

|《天津有个王毓宝》代序 |

早在清末民初,天津这座城市就催发着南方的荡调、滩簧,北方的单弦、河南坠子、山东琴书、东北大鼓、梨花大鼓、乐亭大鼓、京韵大鼓、梅花大鼓、相声等二十余个曲种的成长。然而,天津本土曲种并不多,只有时调、西城板、卫子弟书、巧变丝弦区区几个曲种。但天津却被称为我国北方曲艺的大摇篮,这是因为天津曲艺所具有的开放性和包容性,使外来曲种在天津扎根,并与本土曲种相互借鉴、吸收、融合,使各个曲种成为朵朵奇葩,姹紫嫣红,争芳斗艳,所以,说曲艺艺术是天津的骄傲,绝不为过。

在天津本土曲种中,融合外来曲种最成功,且最具天津特征的一朵奇葩是天津时调。

谈天津时调,必谈王毓宝先生。

时调小曲一类曲种遍布全国,起始于明清两代,发展于民国时期。

当时在天津发展的时调称时新小曲,历史上也曾出现一些名家。但是,也只有王毓宝先生可称为天津时调大师。其原因,并不是因为她自1938 年已小荷才露尖尖角,初登舞台,报刊即有署名文章,认为她天生秀质,为可造之才,是大有希望的后起之秀,而是因为王毓宝先生,活跃在曲艺舞台上已达七十七年之久,她用她精湛的演技支撑了这个曲种的兴旺,使之得以健康传承。当然,因为她始终未停下改革创新的脚步,与时俱进，也使得王毓宝先生成为曲艺百花丛中一棵郁郁葱葱的不老松，一位颇受人民尊重的曲艺艺术家。

纵观中国曲艺史，就是一部中国曲艺改革史。任何一个曲种，改革则兴，反之则衰，甚至会消亡。天津时调即是最好的佐证。中华人民共和国成立初期，天津文化部门欲取缔时调曲种，其原因是时调中的〔老鸳鸯调〕，早期曾被称为"窑调"，多在妓院里演唱，曲目也多是表现妓女生活并存在一些淫秽词句。为此，不少时调艺人转行或改唱其他曲种。王毓宝先生则不然，她自走上舞台，就唱干干净净的曲目《喜荣归》《七月七》等。中华人民共和国成立不久，又推出了反映现实生活的《改邪归正》《雨后花》《大红旗》等新曲目。

当时，新曲艺工作者王焚认为时调不能因为一个曲调而被取缔，该曲种其他曲调很优美，只要进行改革就会使其面貌焕然一新，况且还有王毓宝这样的优秀演员。于是，1953 年，王焚改编了河北民歌《摔西瓜》，请曲艺音乐工作者姚惜云、祁凤鸣和王毓宝先生在传统曲调的基础上创新，更请王毓宝先生为演唱的实践者。先生不负众望，与姚、祁二位先生共同研究，改革唱腔，原来一些低沉伤感的情调改了，一变而成为明快欢乐的情绪。过去的时调只用三弦、四胡伴奏，几人研究后，增加了扬琴、琵琶、笙、低音胡和京胡等乐器，使伴奏音乐的色彩变得丰富，气氛也更加热烈，天津时调焕然一新。再如，之前唱时调，舞台上放置一张场面桌，限制了演员的表演。先生演唱《摔西瓜》，将场面桌去除，随着前奏音乐出场。一系列的创新，令时调呈现出健康、优美的新风貌，经两次内部试演后，于 1953 年 11 月首次公演。演出前，曲艺界有识之士一致认为，王毓宝先生演唱的是在传统时调基础上经过改革后的新时调，并为其正式定名为"天津时调"。演出时，剧场气氛火爆，相当成功。崭新的唱腔和演出形式，不但消除了取缔的声音，更使其他老时调演员纷纷效仿。天津时调,重获新生。

　　毋庸置疑,王毓宝先生是使一个濒临死亡的曲种死而复生的艺术家,功绩卓绝。

　　王毓宝先生也从改革中尝到了甘甜。之后,她又演唱了一些新曲目,并以极强的自信心,继续对天津时调进行创新。1958年,先生再次与祁、姚二位先生合作,为《翻江倒海》设计唱腔。这一曲目所表现的是劳动人民改天换地的豪情壮志,所以,不仅调整板式和节拍,吸收融合其他曲种的唱腔旋律,更以自己得天独厚的嗓音条件,多处增添高腔。先生以该曲目参加第一届全国曲艺会演,一鸣惊人。1961年,天津时调新曲目《看焰火》参加全国曲艺优秀节目会演。连续两次国家级曲艺活动,使得天津时调为全国大部分地区的观众所注意、认知、喜爱。从此,天津时调开始在北京、河北、辽宁、山东等多个地区传播。王毓宝先生使天津时调走出天津,成为北方地区具有地方特色的代表性曲种之一,功绩卓绝!

　　“文化大革命”中,王毓宝先生以顽强的毅力,再唱新曲。一曲《军民鱼水情》于1972年经中央人民广播电台播放,使全国曲艺人对天津时调有了了解,无不惊叹,先生演唱的天津本土曲种天津时调,竟然如此美妙,可谓余音绕梁,三日不绝于耳! 这个曲艺精品,朗朗上口,全国的观众几乎都会哼唱。

　　“文革”结束后,王毓宝先生又推出了《梦回神州》。她认为这个曲目反映台胞思乡的心情,可用已不再使用的〔老鸳鸯调〕演唱,但必须对曲调进行改革。她与著名乐师马涤尘合作,以〔老鸳鸯调〕为主要曲调设计唱腔。一经演唱,好评如潮,再一次引起轰动。

　　王毓宝先生收有徒弟邢慧琴、陈桂林、邱凤兰、史琳及美国华盛顿大学音乐系民族学博士白卓诗等十八人。她毫不保守。如1959年,曲艺作家夏之冰（张昆吾）创作了《毛主席来到咱农庄》，语言质朴，语句生动，王毓宝先生以该曲目参加庆祝中华人民共和国成立十周年节目演出，使之成为又一传遍全国的新曲目。翌年，天津乐团以混声大合唱的形式，在大型乐队伴奏下，本想请先生演唱，她毅然决然地推荐徒弟陈桂林，其目的是为新人搭建展现平台，提供机会，用心可见一斑。今日，她的弟子高辉、刘迎、刘渤扬等都活跃在舞台上，天津时调健康传承，香火不绝！

我是听着先生的天津时调长大并成为一名曲艺工作者的。虽然从事不同的曲种，但曲艺艺术的本质是相同的。无论是精湛的艺术、高尚的人品，还是坚持改革的精神，王毓宝先生所走的每一步都感染着我。她是我，也是我们曲艺人学习的典范。

王毓宝先生九十高龄，曲艺观众偶尔还能在舞台上看到她的身影，听到她委婉清脆的演唱。我要说，曲艺人永远年轻，先生如是！

2015年

七十年，不散的风云

| 《且听下回分解：单田芳传》序 |

单田芳先生的传记问世了，可喜可贺！

前不久，单老特意嘱咐说："我新闻界有位好朋友——张继合，他在《河北日报》做文学编辑。小伙子有见识，笔杆壮，专门为我写了一部个人传记，他希望姜昆先生这样的文艺权威能慷慨作序，以壮声威。"

感谢单老如此抬爱。其实，作为艺术前辈，他才是真正意义上的权威。

在当今中国的曲艺界，单老是极具代表性的曲艺大家。他从艺超过五十载，除去"文革"那段特殊的日子，老先生一直是人气极旺，一路走红。尤其是20世纪末，单老"复出江湖"，"云遮月"式的嗓音通过电波传遍了大江南北、千家万户。有评论说，当时单田芳那有特色的嗓音，已成为时尚的文化符号。

依我看来，单老的确堪称集大成的评书表演艺术家。他作艺有天分，说书靠勤奋，即使年届古稀，仍旧宝刀不老、与时俱进。他并没像与他同龄的人那样，终日养花喂鸟、品茶听戏……逍遥自在地享清福，倒是随着年龄的增长，愈来愈变成了一名虔诚备考的小学生，天天录节目，月月出新书。正如齐白石老人晚年的情景——日日作画，不使一刻虚度也。

单老这种"老骥伏枥，志在千里"的劲头儿，也直接影响到年轻一代的艺术家。我曾对记者朋友们讲："单老如此高龄，我听说他要在电台和电视台搞类似西方'脱口秀'一类的节目,主持新闻、时事、体育,令我羡慕!羡慕他的魄力,羡慕他年轻的心态,羡慕他有如此的进取心。这是一种挑战,对自己的挑战。作为已经功成名就的艺术大家,他在追求的道路上矢志不移,苦苦地跋涉,从不肯放弃学习,不停地拓宽新视野,我们年轻一代,难道不该考虑我们要如何对待事业,如何去不断地攀登艺术高峰吗?"

常言说:"要想人前显贵,必须背后受罪。"这句俗话也适用于社会的每个行当。那些奢望一夜成名的朋友,千万不要急于事功。画家李苦禅曾说:"如果不能吃苦,就别活在这世界上。"我觉得,单老既有艺术天赋,又非常能吃苦,故此,才有这样深的造诣、这样高的成就。如何吃苦,诸位在书中自有领略。

说心里话,尽管我同单老非常熟悉,却并不十分了解他的身世和经历。张继合先生新著的这本传记作品《且听下回分解:单田芳传》,以丰富翔实的资料、图文并茂的形式,全方位地再现了单田芳先生七十年的艺术人生。大家将通过一幅幅他的生活画面,感受单老怎样用他对曲艺事业的忠诚与做人的原则面对生活的坎坷和磨难。应该说,这是一座相当宝贵的"精神富矿",亿万"单迷"可以穿透七十年不散的风云,重新审视大幕后面那本色的单田芳。

2005 年 10 月 6 日

北美崔哥,皇城根儿底下的黑色幽默

|《北美崔哥:中国人来了》推荐序|

一说到笑话,人们大凡首先想到的是"性"。

在餐桌上开讲,也离不开带点儿"色儿"的。

手机上的段子,有荤有素,用夫妻之间有关的事儿"打镲"。

甭说在西方,在中国,现如今也是这行情!

前几天,我去天津参加曲艺旅游节。第一个节目上来就讲一个大婶在公众场合打嗝被旁边人误认为放屁的事。看到那里的观众乐不可支的状况,我差点儿就哭了,揉着眼眶离开了座位。

六年前,我曾经在公众场合讲过注意"灰色地带",反对"三俗"的话,遭到网友们一顿痛批,连我没有见过的"北大教授"都出来骂我。我都不知道自己怎么就惹到他们了。

不过,我一直没有回应,我觉得这世间的事情,只要存在就有它存在的道理。

我是不是过时了?是不是落伍了?我得在新媒体上学习学习,找找答案。

于是,我开始看北美崔哥,听黄西,瞧周立波,搜王自健。也因此,我认识了崔哥。

这些达人,他们都自称是"草根"。但是,从北大荒出来的我太知道草的生命力了。"野火吹不尽,春风吹又生",一根铲不净,要了庄稼命。草就那么厉害,更甭说草根了!

崔哥说自己是地地道道的草根,因为别人是"门里"出身。

我又在网上查了一下,他哪是草根呀,明明是高级知识分子!他毕业于北京大学,在联合国某机构里当过同声翻译。那活儿可不是草根干得了的。听说既废脑子,又费舌头,每半个钟头轮换一次,没点儿好体力都盯不下来。可一看他那打扮,还真像草根。这么大一知识分子,戴哪门子牛仔帽呀!您什么时候见过国家领导人出国访问时,后边跟着一个戴牛仔帽的翻译?鸭舌帽也没有呀!

于是,我又看了他的文章和视频,是有点料,用北京话说是"有点儿玩意儿",难怪得了个"黑色幽默神文播主"的荣誉称号。

草根不全是只懂荤类,雅俗共赏的草根有的是。崔哥当属后者。

他搞笑,但是知道俗的度。他没把自己当中国的大卫·莱特曼。他注重中西文化的差异,极接海外华人的地气。

他有点痞劲儿,但是夹在他的韧劲儿当中。如果光有韧劲儿,让人觉得他矫情,再加上点痞劲儿,则增加了艺术修饰。他的韧劲儿,表现在他一个劲儿地挑中国人的毛病,他的痞劲儿,让人看到他没把自己搁在中国人外头!

钱锺书老先生有一个重要的喜剧理论"无亵不笑"。亵渎神圣,是当今网络搞笑的"杀手锏"。我看崔哥的段子,也是走这个路线。然而,他那字里行间透出来的地道北京味儿的语言和皇城根儿底下长起来的那股子幽默,是尽在其中。这让他在网络上有了一大批拥趸、粉丝、崔迷。我估计也有不少低调的学者、专家也在注意着他、研究着他。尽管他们还都没说什么。

英雄最怕碰见老街坊,好在崔哥不做作,挺有人缘的。我写这个小文只想告诉他,我希望他快马三枪,多出点好作品。

2013 年 6 月 7 日于雅安

向南音致敬

|《厦门南音指谱全集》序|

21 世纪初，在福建乡村的一条古老的街巷里，我听到了悠悠的琴声，拾步过去，一个旧祠堂的厅里，在不亮的灯光陪伴下，几位老人在演唱南音。唱的人不多，听的人也不多，丝弦袅袅，唱音靡靡。演唱者那股全神贯注的劲儿，那个古朴腾升的气场，吸引我驻足，我一待就将近一个时辰，我觉得我几乎融化在具有"音乐化石"之称的南音曲种中，忘却了喧嚣的闹市和纷繁的芸芸众生。又过了几年，我来到了一位老人家自筹资金兴办的"南音博物馆"，我被南音丰厚的历史和精心保存的文物惊呆了！从 20 世纪初就流传的一摞摞手写的古曲工尺谱、一篇篇发黄的南洋诸国的报纸和演出宣传物、一面面南音团体的旗帜、一本本南音艺术家的世代传唱的手抄本，一切一切，让你发自内心敬仰一代代南音艺术家不懈的追求和持之以恒的坚持。因为什么？因为南音是民族祖先留下的艺术瑰宝，它是中原音乐文化与闽南当地民间音乐的融合，最具代表性的一种叙事特性的音乐体裁，它是自唐宋就有的，并一代一代传承给我们中国老百姓的艺术宝贝。

前不久，厦门市南乐团请我为他们即将出版的《厦门南音指谱全集》封面题字，我欣然应允，我自己提出写几句话。因为，《厦门南音指谱全集》的编撰、出版是一件功在当代、利在千秋的大好事，我乐见其成。

"南音生南国，曲曲寄深情。"福建南音，是世界非物质文化遗产。千百年来，福建南音以其古朴典雅的优美旋律，广泛流传于福建的闽南地区以及港澳台，并伴随着华侨的足迹远播海外，成为海外侨胞和港澳台同胞世代珍视、竞相传唱的乡音。只要一声琴响、一段乐音，就能勾起海外侨胞无尽的相思，勾起他们对故乡深深的爱恋。我曾经出席在印尼举办的第二届世界南音联谊会南音大会唱，看到他们欢聚在一起的盛大场面，那真可谓声势浩大、盛况空前啊！无论是印尼、马来西亚的华侨，还是新加坡、菲律宾的华侨，他们都有一个共同的根，就是福建，就是闽南，就是传统的中华文化。

我们传承南音，不仅是为了保护，更重要的是为了发展，要让公众，尤其是青少年一代了解优秀的传统文化，进而喜欢，深入挖掘，传承下去。工作是长期的，影响也是潜移默化的、长远的，我们需要的是信心、耐心和恒心。

厦门市南乐团不仅以长期的演出实践保护和传承南音艺术，而且重视南音乐曲、乐谱的整理、编撰，继出版《南音古曲选集》之后，又编撰《厦门南音指谱全集》，为南音的传承和发展做出了重大贡献，为今后的传承提供了很好的文本和教材。

大家知道，南音是古老的，不是新兴的，不是时尚的。它的艺术魅力往往是在接触了一段以后，熟悉了曲种以后，才能够逐渐慢慢品味出来。所以，我们要给青少年一段熟悉的时间，让他们逐渐喜欢上我们的传统艺术，自愿自觉地担负起神圣的使命。

厦门市南乐团求真务实、切实做好传统艺术的保护、传承工作的精神值得点赞。我们坚信，有你们和广大南音艺术团体以及爱好者的坚守和努力，古老的南音艺术，一定能得到进一步地发扬光大，薪火不熄。

我向南音致敬！

2021 年 1 月

附 录

民族文化的瑰宝——民间艺术

| "中国国粹艺术读本"丛书推荐语 |

中华民族的民间艺术是我国民族文化的瑰宝，是由炎黄子孙共同创造的一支华夏交响乐，千百年来弦音不绝，不断地在华夏大地上奏响，调节着炎黄子孙生活的节律，陪伴着民众的生命历程。她同这片土地和生活在这片土地上的人们有着最为天然、深厚的感情。她以老百姓最生活化的语言、最耳熟能详的故事和最易于他们思想情感抒发的说唱、表演、书文、图画等方式，述说着中华民族生生不息的历史——既有浪漫的远古传说，也有对现实的针砭和对美好理想的歌颂。从古至今，民族民间文化艺术并没有因为岁月的流逝和环境的变迁而暗淡，强烈的地域性、浓郁的民族性、鲜明的趣味性让她在所有的文学艺术形式中以表演的方式独树一帜，特点鲜明地让生活与艺术相映生辉，她当之无愧地被称为中华民族艺术的国粹，是中国神话传说、老子孔子、四书五经、伦理道德、历史经典在中国民间的另一个版本。

我就是用这样的观点来看待中国文联出版社出版的这套国粹艺术丛书的。

当我们面对着中国的戏曲、曲艺、杂技、歌舞等民间艺术，在编撰这本书的时候，我们不禁由衷地感叹中国民间艺术的生命力、创造力与凝聚力。一篇篇介绍艺术特点的文章，展现着中华民族先人的伟大创造力；一幕幕动人的艺术场景，定格一帧帧难以忘却的瞬间，还原了无数忠诚于民族艺术的志士仁人的创造和超群的艺术造诣。这套丛书不仅展现了中国民间艺术作为时代的记录者，从现实生活中创作的不朽经典，而且以读本的形式、叙说的方式，娓娓道来各种艺术表演形式的历史、现状和个中的艺术特色与精华。丛书所展现的内容，并不能代表中国民间艺术精华的全部，只是各类艺术在一段短暂时光里的一点记忆，然而，即便是这一点记忆也足以折射出我们民族文化的伟大。当我们回忆过往的时候，我们从心底怀念那些曾经为中国民间民族艺术做出突出贡献的艺术前辈，能告慰他们的，只是我们今人的努力传承——在我们的手中，这套丛书记载了前辈们的功勋，并将以后代的对国粹艺术精华的了解与运用，继续把这套丛书写得更加辉煌。

2009 年 8 月 25 日

从语言学视角研究幽默和笑话的艺术专著

|《幽默笑话语言学》推荐语|

中国自古以来就不缺笑声。《诗经》里的《郑风·将仲子》，就是一篇恋人戏谑的小相声，有爬墙头的场景，有小女子对自己的小恋人"小滑头"的"忠告"。东方朔所偷喝的东方不老酒，引来的杀身之祸，让他幽默灵感大发，以机智取悦君王而得以被恕无罪。老祖宗的幽默与笑话，自有语言和文字始即有记载：相声《三近视》来自于《笑林广记》；古代《笑笑录》《笑得好》《雅谑》等笑话专集，都是这方面的专著。自从林语堂先生，巧译"HUMOUR"为"幽默"，使得中国的幽默和笑话并排走进文人学者的眼帘中，它们在文学作品中得以升华，在百姓的观赏娱乐与休闲文化中得以展示。晚清民国乃至1949年后的相声、小品及新的艺术样式出现，又将幽默与笑话发展到了一个新的层次。

随着中国与世界的接轨，西方的幽默与中国的老百姓开始有了接触。卓别林、果戈理、里科克、契诃夫，包括现代的"憨豆先生"创造的欢笑，都为许多国人所熟悉。在世界各国，幽默与笑话同样是文学传统和大众生活中不可或缺的一个内容，尤为引起中国人所瞩目的是，外国的政客与学者，都将"幽默素质"作为一个成功人士的基本素养而加以重视，他们精心设计和巧施匠心的"信手拈来"的一句幽默，往往成为他们贴近百姓、机智巧辩、学识渊博、个人魅力的注脚，从而"幽默"也成为国际共同认可的一种"品质"，而作用于人与人之间的交往和交流。

我的一个老朋友任绍伟是《幽默与笑话》杂志的创始人和总编,经过十来年的时间,他把这个向中国老百姓传播幽默和笑话的小杂志办得如火如荼,在百姓当中有很大的市场,成为一个了不起的出版人。

　　但是他没有就此停止,满足当一个编辑、策划人与经营者,他借着这个机会,开始了对幽默的理论研究和探讨,并且写了一部从语言学的视角研究幽默与笑话艺术的专著。

　　虽然关于幽默与笑话的专著和口头传承大量存在,近年来出版界出版的诸如《中国历代笑话集》《中国历代笑话集成》《民国笑话集》等数量多多,但至今研究幽默与笑话语言功能的理论文章与著作却寥寥无几。方成先生八十岁的高龄,连续出版了好几本关于幽默研究的专著;前中华曲艺学会副会长、中国喜剧理论研讨会的陈孝英会长也专门写过喜剧美学理论专著,专门论述过幽默。但是,国内的大多数学者都有一个共识:幽默是什么,到现在为止,还没有谁能讲得清楚。古希腊、古罗马的哲学大师,在两千多年以前就专门有这方面的研究;德国的康德、俄国的车尔尼雪夫斯基、英国的培根、奥地利的弗洛伊德都写过不少关于幽默的理论探讨的文章,都在不断地对于老百姓最熟悉的幽默与笑话进行辨析和深入分析,可以看出,研究这方面的事情,不是个小事。任绍伟先生从语言学的视角去研究幽默与笑话,我觉得非常新鲜,不是因为我从事的是语言艺术,有所偏爱,而是觉得视角新颖,他在这部《幽默笑话语言学》中能够提出较为系统的见解,从而填补了我们国家或者说世界上从语言学视角研究幽默与笑话的空白,这是个多么了不起的事情,与他仅仅当一个优秀的编辑、策划人与经营者分量可不一样。

　　任绍伟的这本书试图系统地研究幽默与笑话的语言,也争取在许多方面有所突破。比如对幽默与笑话类型的研究,他把笑话分为六种类型;对幽默、笑话和相声的比较研究;特别是从语音、文字、词句、修辞、逻辑五个方面提出了构成幽默与笑话的七十四个原理，这是以往学者没有涉猎过的。这一新的提法，可视为幽默与笑话研究的新领域。当然，其中的有些提法可能不甚精湛准确，但他提出了一个新的思路，开拓了一个新领域。

任绍伟还提出了"学"的概念，试图建设一个幽默与笑话语言学的学科，并以五章的叙述设立了"学"的框架，这是一个有益的尝试和突破。

这本书的出版说明任绍伟先生已经取得了成果，他在这个领域里已经开始耕耘，这个世界上，有什么能够比"已经开始了"更能够说明一个崭新的研究事业的进程呢！热诚希望他在现有基础上继续深入研究，不断吸收新的研究成果，在幽默与笑话的研究中取得更大成绩。要知道，多少人需要笑声，也有多少人迫切知道怎么样才能够制造笑声呀！

2010 年

续写西岗曲艺梦

|《快板基础教程》推荐语|

　　相声界都知道大连有个"西岗杯",这个"杯"的年复一年的坚持,培养了不少相声界的年轻人才。王敏和陈寒柏就是从这个活动中涌现出来的相声新秀。

　　一转眼,他们有名了,成明星了,但是也有了一把年纪了。也可能是王敏感到了"西岗杯"这种群众性的曲艺的普及活动,对他自己成长所起的作用,他决定在中国曲协和地方政府的支持下,为少年儿童搞一个曲艺艺术培训基地。

　　我们说这是"平地扣烧饼",没有先例,没有师资,也没有基础,他挺难的。因为各方面的物质条件都非常匮乏,真是在一穷二白的情况下起的家。但是老天不负有心人,经过了几年的努力,这个少年儿童的培训基地一点一点地发展起来了,这个少年儿童人才培养的作用一点一点地显现出来了!能起到这个作用,仰仗王敏的热情,但是光靠热情是维持不了多久的。所以我说他是有心人。这几年,王敏一直在师资问题上下功夫,在四面八方寻求名家老师的支持过程中,他又深深地感觉到课本的重要,于是他把自己全部的心血,用来搞一本曲艺说唱艺术基础教材。在曲艺中,他首先选择了快板。

　　这可以说是费力不讨好的一个工作,因为稍有不慎,就会被别人说三道四,并且以你教材当中的不足作为根据,否定你做教材这项工作的意义。这个世界上"君子动口不动手"的人太多了,动手的人又会经常被动口的人挑三拣四地说上几句的现象也太多了。但是,王敏全挺过来了,一直到今天,这本快板教材问世了。

他搞起来的"全国青少年曲艺培训基地"已建立了一支由老中青相结合、层次合理、富有创新精神和实践能力、具有一定规模的师资力量团队;他们自己培养的第一个曲艺大学生王奕超,2017年已由天津艺术职业学院毕业,充实到教学队伍中;他们成立了公益性的西岗区少年宫"青少年曲艺艺术团";他们每年都开设四十八个曲艺基础班;他们在西岗区三十余所中小学进行曲艺发展情况摸底和辅导工作,一边演出,一边赠送《中国经典相声赏析》碟片进校园;他们大力扶植学校成立学生曲艺社团,现在许多小学校已打造成正规的曲艺特色学校,成为大连市乃至辽宁省的特色学校。

目前,在这项工作的开展过程中,当地曲艺特色学校已有二十余所,在学学生近千人。通过曲艺进校园系列工程活动,加强了曲艺艺术在青少年中间的影响力,激发了他们的兴趣,寓教于乐的教学模式,丰富了中国传统曲艺的传承方式,培养、挖掘、造就新一代优秀曲艺创作表演人才,使中国曲艺艺术很好地传承下去,并绵延赓续。

这里,我不赘述这个少年儿童的曲艺培训基地在王敏的精心培育下获得了多少荣誉。因为我知道他不是冲着荣誉去做这项工作的。他和我说,以后要继续编写山东快书、评书、相声、鼓曲的教材。我非常感动,也特别希望能够出把力的单位和个人都帮帮他!我们这个世界,干好任何一件事情都不容易,众人拾柴火焰高。我相信,所有支持过王敏的朋友和单位,也一定与我有相同的愿望。

习近平总书记说,文化是民族的血脉,是人民的精神家园。在我国五千多年文明发展历程中,各族人民共同创造出源远流长、博大精深的中华文化。文化兴则民族兴,文化强则国家强。中国曲艺艺术承载着中华优秀民族文化和精神,我们用这样的精神食粮哺育后代,那一定会有丰硕的成果!

2018 年